Johanna Straub

# Das Beste daran

Roman

liebeskind

Sonst, wenn sie zu Hause sind, ist er derjenige, der anfängt, der weiß, wie es geht, die Zeit zwischen ihnen anzuhalten, derjenige, der Berührungen verwandelt in solche, die das Gegenteil von flüchtig sind und wichtig und unabdingbar, wenn er seine Hand auf ihren Bauch legt, liegen lässt, schwerer werden lässt und nach oben streicht, das Hemdchen, das sie beim Schlafen trägt, zusammen mit ihrem leichten Widerstand beiseiteschiebt wie einen lästigen Schleier, während er etwas in ihr Ohr flüstert, das sie zum Lachen bringt, weil es sie kitzelt und weil Lachen vielleicht dagegen hilft, dass sich all die kleinen Härchen in ihrem Nacken aufrichten und dass ihre Knie weich werden, das dürfen sie jetzt, weil sie liegt, und die Knie müssen sie gerade nicht tragen, ihre Arme können sich um seinen Nacken schließen, ihre Augen dürfen zufallen und seine dann auch, und die Bilder der Gedanken dürfen blasser werden, bis es dahinter hell wird, weiß und gleißend, und die Struktur nachlässt, bis es eine helle weiße Fläche wird, in der sie sein können, ohne dass da noch irgendetwas anderes wäre außer dem Licht, von dem so viel da ist, und noch mehr –

aber jetzt ist sie diejenige, die ihren Arm über seinen Oberkörper legt und sich auf ihn zieht, bevor er seine Augen geöffnet hat, die versucht, obwohl sie zierlich ist und leicht und viel kleiner als er, mit ihrem Körper so viel von seinem zu bedecken, wie es ihr möglich ist, eine Variation des Spiels, den anderen zum Lachen zu bringen, für einen Moment jedenfalls, bis es doch ernst wird und sie beide vergessen zu atmen, sein Mund an ihrem und ihrer an seinem, und wer angefangen hat, spielt keine Rolle mehr, gar nichts spielt jetzt noch eine Rolle in dem Licht, das sie umgibt, weißes Licht, sie beide und nichts sonst,

als das Telefon klingelt mit seinem altmodischen Klingelton, elektronisch erzeugt, ein Ton, den es im Original nicht mehr gibt, sondern nur noch in seinen virtuellen Kopien, überall klingeln in den Taschen Telefone, die es gar nicht mehr gibt, mit einem Ton, den es auch nicht mehr gibt, der aber immer noch besser ist als die anderen virtuellen Töne, die keine Klingeltöne sind, sondern Jingles der Telefonhersteller,

wer ist es, fragt sie,

Nummer unterdrückt, sagt er,

warum hast du es überhaupt eingeschaltet, fragt sie,

jetzt ist es aus, sagt er und dreht sich zurück zu ihr,

stimmt, sagt sie, ich habe Hunger, sagt sie, und außerdem macht es doch sowieso keinen Sinn.

Marvin lächelt, als er Jette nebenan telefonieren hört, während er unter der Dusche steht. Ein Geruch, vertraut, aber unpassend, erinnert ihn an etwas, das er nicht einordnen kann und das nicht hierher gehört. Aus der Luft haben sie schwarze Felder gesehen und das dunkle Meer, dazwischen einen schmalen Streifen weißer Brandung. Als sie durch das Flughafengebäude liefen, sah alles anders aus als zu Hause, es war nicht nur irgendein funktionales Flughafengebäude, sondern eines, bei dessen Entwurf sich jemand Gedanken gemacht hat, es war durchflutet vom Tageslicht, das keins war, es war schön, es gab einen Sinn dahinter und einen Plan, und das tat gut, wenn man selber gerade keinen mehr hatte.

An den öffentlichen Toiletten erkennt man den inneren Zustand eines Landes, hatte Jette noch gesagt, nachdem sie aus dem Toilettenkeller ihres Heimatflughafens zurückgekommen war, als Abwandlung einer Aussage, die sich eigentlich auf die Sicherheitsvorkehrungen bei der Ein- und Ausreise bezog, ein Spruch, den sie regelmäßig zitierten, wenn sie auf Reisen waren, üblicherweise allerdings nicht schon zu Hause, sondern erst, wenn sie am Ziel angekommen waren. Hier waren die Toiletten sauber und geräumig, der Beamte hinter der Glasscheibe sah in ihre Gesichter statt auf ihre Passfotos, und durch das Flughafengebäude führte, vorbei an runden Glasfenstern, ein Flur, der voller Menschen war, als wäre zwei Uhr nachts die ideale Reisezeit.

Es passt nicht zusammen, das Wasser riecht nach Schwefel. Wasser löscht Feuer, Schere schneidet Papier, Stein fällt in den Brunnen, und Wasser brennt nicht. Marvin hat gelesen, dass die heißen Wasserleitungen unter den Straßen verlaufen, sodass im Winter nicht geräumt werden muss, weil kein Schnee liegen bleibt. Im Winter würde er es nicht hier aushalten. In der Kälte könnte er vielleicht leben, aber nicht in der Dunkelheit. Es ist auch das Licht, das sie hergebracht hat, das Licht, nach dem sie sich sehnen, seit der Befund über sie gekommen ist wie eine dunkle Welle.

Ich will nur das haben, was die anderen auch haben, hatte Jette gesagt, als sie vom Arzt zurückfuhren, und er dachte, dass sie viel mehr hatten als die anderen, dass sie schon immer mehr gehabt hatten und auch weiterhin mehr haben würden, aber er sagte nichts, er strich ihr nur mit der Hand über das Haar, und am nächsten Tag buchte er die Flüge.

Ist das weit genug?, hatte er gefragt,

und sie hatte gesagt, ja, das ist gut.

Nach dem Abtrocknen bleibt etwas von dem Geruch auf seiner Haut, es fühlt sich nicht so an, als hätte er gerade geduscht. Vielleicht muss es sich so anfühlen, wie eine Kur, oder wie eine Medizin, die bitter schmecken muss, damit man weiß, dass sie hilft.

Mo kümmert sich um die Post und um die Blumen, sagt Jette. Schöne Grüße.

Hast du ihr etwas gesagt?

Sie hat gefragt, ob wir etwas zu feiern haben.

Und was hast du geantwortet?

Haben wir nicht.

Hat sie weiter nachgefragt?, will er wissen.

Nur einmal. Aber sie hat jemanden kennengelernt. Vielleicht liegt es auch daran.

Ach, echt? Wie ist er denn?

Ich weiß es nicht, sie treffen sich erst. Internet.

Warum nicht, sagt Marvin.

Eben. Ich habe das Telefon ausgeschaltet.

Okay.

Ist deins auch noch aus?

Es ist leise.

Lass es aus, solange wir hier sind, ja? Ich will nicht, dass die anderen immer dabei sind.

Wenn du meinst, dass du das schaffst?

Jette wirft ihr Kopfkissen nach ihm. Sie lacht. Zum ersten Mal lacht sie wieder, so kommt es ihm vor.

Der junge Mann an der Rezeption schüttelt den Kopf, bedauernd, und weist auf die Uhr, die hinter ihm an der Wand hängt.

Der denkt, wir sind in den Flitterwochen, sagt sie, und Marvin sagt nichts dazu, weil er nichts dagegen tun kann, dass es sich irgendwie genau so anfühlt.

In der Nähe des Hotels finden sie eine Kaffeebar, die so tut, als wäre sie überall. Auf Wänden und Theke sind Städtenamen in roten Buchstaben aufgeklebt. Budapest, Prag, Berlin. Sie bestellen getoastete Thunfischsandwichs mit Mayonnaise und roten Zwiebeln, die so scharf sind, dass sie ihnen die Tränen in die Augen treiben. Dazu trinken sie Latte macchiato, und noch einen, damit es aufhört zu regnen. Jette blättert im Reiseführer. Er sieht ihr zu, dann aus dem Fenster. Sie soll entscheiden, er macht alles mit, und wenn sie entscheidet, dass er den Tagesplan festlegen soll, dann macht er auch das.

Die Menschen tragen Regenmonturen in knalligen Farben, als könnten sie damit dem trüben Wetter etwas entgegensetzen. Sie sehen aus wie große Kinder, die mit ihren Gummistiefeln in die Pfützen springen.

Es gibt ein Penismuseum, sagt Jette. Rund hundert Phalli und Phallusteile von fast allen Land- und Meeressäugern.

Wen interessiert denn das, sagt Marvin.

Hier steht, es ist ein Magnet für Touristen.

Da willst du doch wohl nicht hin, sagt er, ausgerechnet.

Warum nicht?, fragt Jette, und außerdem ist es eine Sehenswürdigkeit.

Und was ist daran so sehenswürdig?

Wenn alle es sehen wollen, dann muss doch etwas daran sein, oder?

Ich weiß nicht, sagt er.

Du kannst ja draußen warten.

Die Straße sieht nicht anders aus als die, durch die sie gerade gekommen sind, abgesehen von einem Schild mit der Aufschrift *Main Shopping Street.*

Vor der Auslage eines Gemüseladens bleiben sie stehen.

Ich war noch nie so weit weg von jeder Palme, sagt Jette, trotzdem muss ich jetzt diese frischen Datteln essen. Ist das absurd?

Nein, sagt Marvin, absurd wäre es nur dann, wenn hier nicht welche liegen würden. So ist es normal.

Es funktioniert, sagt sie. Ich will sie haben. Glaubst du, die sind bio?

Während er bezahlt, lächelt die junge Frau an ihm vorbei Jette zu, die auf der anderen Seite des Ladens steht. Als wäre Jette diejenige, die gerade bezahlt, und nicht Marvin.

Warum hat die dich so angekuckt?, fragt Marvin, als sie wieder auf der Straße sind.

Ich weiß nicht, antwortet Jette. Habe ich irgendwas? Sehe ich anders aus?

Er schüttelt den Kopf.

Du siehst gut aus, sagt er. Du siehst aus wie immer.

Es stimmt nicht, denkt er, während er das sagt, und während er das sagt und denkt, sieht er, dass sie ihn ansieht und weiß, dass er lügt. Oder nicht ganz die Wahrheit sagt. Der Ausdruck *wie immer* passt auch nicht zu ihr, denn sie gehört zu den Menschen, die ihr Aussehen im Lauf der Zeit so sehr verändern, dass man sie auf alten Fotos nicht wiedererkennt. Im Moment ist sie etwas blass, jedenfalls blass dafür, dass der Juni schon fast vorbei ist. Sie sieht müde aus, ernst, und auf eine merkwürdige Weise so, als sei ihr Gesichtsausdruck nach innen gerichtet und nicht nach außen, so, als sei er nicht für die anderen, sondern für sie selbst bestimmt.

Als sie sich kennengelernt haben, war es ihre Stimme, der er als Erstes begegnet ist, sie haben miteinander telefoniert, bevor sie sich getroffen haben, wegen des Zimmers. Sie sprach leise, aber ganz klar und ohne jeden Dialekt. Sie verstanden sich so gut, dass er das Zimmer unbesehen nahm und sie ihn unbesehen als Mitbewohner.

Als er am Wochenende mit seinen Sachen ankam und sie die Tür öffnete, dachte er zuerst, sie könnte es nicht sein, bis sie etwas sagte, mit ihrer Stimme,

du bist Marvin, komm rein, ich zeig dir das Zimmer,

und eine Woche später musste er sich ein anderes Zimmer suchen, weil sie miteinander ins Bett gehen wollten und leben und lieben damals noch nicht kompatibel war.

Kann es wirklich so einfach sein, hatte sie ihn immer wieder gefragt, als sie nach Jahren immer noch nicht müde waren, miteinander zu schlafen, und er bei ihr übernachtete oder sie bei ihm, bis sie irgendwann beschloss, dass es doch so einfach sein konnte, und er erneut bei ihr einzog.

Die Kirche liegt auf einem Hügel über der Stadt und sieht aus wie eine Rakete. Der Himmel ist jetzt blau.

Sehenswürdigkeit, sagt Jette.

Er hält ihr die Tür auf.

Was wäre, wenn hier jetzt das Handy klingeln würde?, fragt sie. Wäre das respektlos vor Gott?

Nur vor den anderen, sagt er, es sei denn, ihre Handys klingeln auch.

Es gibt einen Fahrstuhl in dieser Kirche. Er bringt sie in die obere Etage, in den Turm. Der Raum, den sie betreten, ist eingerichtet wie ein Wohnzimmer. Ein Tisch mit Stühlen, ein Schrank. Auf dem Tisch eine Vase mit Plastikblumen, ein Stapel mit Prospekten. Ein Fenster.

Vor ihnen liegen die Stadt, der Berg, das Land und das Meer.

Jette breitet die Arme aus.

Willst du fliegen?, fragt Marvin, tritt hinter sie und legt die Arme um ihre Taille.

Ja, antwortet sie. Über die Stadt und an der Küste lang bis zu dem Berg da hinten. Und von da aus über das Meer.

Und wieder zurück, sagt er.

Sie lehnt den Kopf an seine Brust.

Warum reicht es nicht, sagt Jette, warum wollen wir noch etwas anderes, als wir jetzt haben?

Er legt seine Hand auf ihre Schulter und seine Wange an ihre, aber eine Antwort hat er für sie nicht.

Es sieht alles so provisorisch aus. Selbst die Kirche oder das Rathaus. So, als könnte alles jeden Moment abgebaut werden und an anderer Stelle wieder aufgebaut. Nichts für die Ewigkeit.

Jette ist stehen geblieben und blickt über den künstlichen Teich.

Mir gefällt es, sagt er. Es hat so eine Luftigkeit.

Das trifft es, sagt sie. Auch die Farben sind so.

Sie sieht ihn nicht an, sondern auf das Wasser, wo in Ufernähe etwas zappelt. Es ist ein Vogel.

Marvin sieht Jette die Tiefe des Wassers abschätzen.

Wenn wir ihn anfassen, dann verstößt ihn seine Mutter, sagt er.

Wenn wir ihn nicht anfassen, dann ertrinkt er.

Sie krempelt die Hosenbeine nach oben, zieht Schuhe und Strümpfe aus und steigt ins Wasser. Als sie sich dem Vogel nähert, hört er auf, sich zu bewegen, als würde er dadurch unsichtbar. Vorsichtig nimmt sie ihn in beide Hände.

Er hat Angst vor mir.

Sie legt ihn am Rand des Beckens unter einen Busch. Zu zweit beugen sie sich über den nassen Vogel und sehen, wie sich das Gefieder hebt und senkt, nach und nach ruhiger und gleichmäßiger.

Kalt, sagt sie und klopft sich die Erde von den Füßen, um sich die Schuhe anzuziehen.

Du Heldin.

Meinst du, er wird es schaffen?

Wenn keine Katze kommt, vielleicht, sagt er. Aber eigentlich …

Was denn?, fragt Jette.

Vögel können fliegen.

Sie sind die einzigen Gäste im Café.

Ich sollte mir die Hände waschen, sagt Jette.

Als sie zurückkommt, stehen die Getränke schon auf dem Tisch.

Tut gut, zu sitzen.

Er nickt.

Konsumieren tut immer gut.

Fast immer, widerspricht sie.

Wann denn nicht?

Zum Beispiel, wenn man eine Woche lang jeden Abend essen geht. Dann freut man sich auf den Abend, an dem man zu Hause bleiben und Spaghetti essen kann.

Sie lehnt sich zurück, kratzt sich am Hals.

Was habe ich hier?, fragt sie.

Er beugt sich über den Tisch, streicht vorsichtig über die gerötete Stelle.

Wie sieht es aus?, fragt sie.

Nur ein bisschen rot. Man sieht es kaum.

Es juckt. Ich habe nicht das Gefühl, dass es besser wird.

Vielleicht verträgst du das Wasser nicht.

Dabei soll Schwefel gut sein.

Willst du zu einer Apotheke, sollen wir irgendwas besorgen?

Nein, sagt sie. Lenk mich einfach ab.

Stellen Sie sich das Boot als eine große Uhr vor, sagt die Tourleiterin. Der Bug ist zwölf Uhr, das Heck ist sechs. Wenn ich eine Uhrzeit sage, dann wissen Sie sofort, wo Sie hinsehen müssen.

Die Sonne scheint, es ist wärmer geworden, fast alle weißen Plastikstühle auf dem Deck sind besetzt.

Wir üben das jetzt einmal, sagt die Leiterin, nicht, dass Sie am Ende die Wale verpassen.

Sie macht eine Pause, dann ruft sie laut, Zwergwal! Zwergwal auf fünf Uhr!

Die Menschen drängen sich in einem Pulk nach rechts hinten, auch die, die eben so getan haben, als verständen sie nichts.

Wenn ich jetzt in die andere Richtung rennen würde, dann käme mindestens die Hälfte mit, sagt Jette.

Also ich würde dir auf jeden Fall hinterherlaufen.

Rund um die Uhr?, fragt Jette.

Wenn es sein muss.

Sie fahren an einem Felsen vorbei, auf dem so viele Vögel sitzen, dass man den steinigen Boden kaum sieht. Es tut gut, in der Sonne zu sitzen und weiterzukommen, ohne etwas dafür tun zu müssen.

Ich habe über die Menschen hier gelesen, sagt Jette, dass sie, wenn sie woanders sind in der Welt, nach Hause kommen, wenn einer von den Vulkanen ausbricht. Sie wollen nicht verpassen, wenn etwas passiert. Sie wollen dabei sein.

Marvin legt ihr den Arm um die Schulter.

Dieser Spruch, du weißt schon, mit dem Haus, dem Baum und dem Sohn, meinst du, das ist so eine Art Anleitung zur Nachhaltigkeit? Meinst du, der Baum muss deshalb gepflanzt werden, weil er für das Haus verbaut, zum Heizen verbrannt und für das Atmen von Mann und Kind gebraucht wird? Dass man für die Erneuerung der Energien sorgen soll, die man verbraucht? Den Kreislauf in Gang halten, über sich selbst hinaus?

Ich weiß nicht, ob man zu der Zeit, aus der der Spruch stammt, schon geahnt hat, dass Bäume mal knapp werden könnten, sagt er. Oder Häuser.

Oder Söhne, sagt sie.

Du kannst an nichts anderes denken.

Natürlich nicht.

Aber das hieße ja, dass man den Sohn zeugt, weil man sterben muss, sagt er. Vielleicht gibt es einen anderen Weg. Wenn es darum geht, etwas zurückzulassen, meine ich. Etwas von dir, das bleibt, wenn du weg bist.

Jette schüttelt den Kopf.

Es geht mir nicht darum, unsterblich zu sein. Es geht mir nicht darum, zu bleiben, sondern etwas anderes zu werden.

Marvin sieht auf das Meer, das blau und ruhig vor ihnen liegt. Der Horizont ist gerade wie eine straff gespannte Schnur, kein Wunder, dass sie früher gedacht haben, sie würden runterfallen, wenn sie zu weit führen.

Etwas, das größer ist als man selbst, sagt Jette. Zeitlich größer. Es geht um Veränderung.

Du willst zu etwas anderem werden, sagt er, willst du etwas anderes sein, als du bist?

Zwergwal, ruft die Walführerin, Zwergwal, Zwergwal auf zehn Uhr. Er versucht, uns zu riechen, sehen Sie, wie er seine Schnauze aus dem Wasser streckt? Zu spät, zu spät, er ist schon wieder abgetaucht.

Marvin und Jette sind die Einzigen, die sitzen geblieben sind.

Die Leiterin der Tour versucht, die Stimmung im Boot aufrechtzuerhalten.

Das war ein Zwergwal! Und man weiß nicht, wo genau wird er wieder auftauchen? Auf elf Uhr? Auf zwölf? Oder auf sechs?

Jette beugt sich zu Marvin.

Ich glaube, da war gar kein Wal, sagt sie.

Er liegt auf dem Bett, hellwach, Jette neben sich, ihren Kopf an seiner Schulter. Es ist so, als würde er immer lebendiger, je länger sie hier sind. Er fühlt sich wie eine aufgeladene Batterie, als ginge das Licht direkt in seinen Körper hinein. Licht ist wichtiger als Wasser und feste Nahrung, das hat ihn sofort überzeugt, als er zum ersten Mal davon gehört hat. Er kann sich sogar vorstellen, dass Licht fast genauso wichtig ist wie das Atmen, nachdem er einmal drei Wochen lang in einem Bunker gearbeitet hat. Bunkerkoller haben sie es genannt. Und alle im Team hat es erwischt. Die Atmosphäre wurde so schlecht, dass im Laufe der drei Wochen immer längere Pausen eingeführt werden mussten. Der Bunker war für die Notversorgung gedacht und wurde regelmäßig gewartet, aber im Ernstfall wären nur für einen Bruchteil der Bevölkerung Bunkerplätze vorhanden. Die meisten Menschen wissen wahrscheinlich nicht einmal, dass es diese Bunker überhaupt gibt. Er würde nicht reingehen im Ernstfall. Er würde lieber draußen sterben als drinnen, dass auch drinnen Krieg ausbrechen würde, das ist klar.

Schlechte Orte ist der Begriff, den Jette geprägt hat für Orte, die eine so negative Ausstrahlung haben, dass man sie freiwillig verlässt. Als sie zusammen ein U-Boot besichtigt haben, jedenfalls hatten sie es vor, wollte Jette nicht rein, er konnte so tun, als bliebe er ihretwegen draußen, und sie konnte so tun, als durchschaute sie das nicht. Was er wiederum durchschaute, und wahrscheinlich wusste sie das auch.

Jette nimmt seine Hand.

Hast du nicht das Gefühl, etwas zu verpassen?, fragt sie.

Er hat gerade eben das Gefühl gehabt, etwas zu verpassen, als sie seine Hand genommen und von der Stelle seiner Wahl an die Stelle ihrer Wahl verschoben hat. Der Regen klopft an das Fenster.

Was meinst du, fragt er, im Leben?

Ja, sagt sie. Hast du nicht das Gefühl, jede Entscheidung ist viel mehr gegen alles andere als für das eine?

Nein.

Kennst du das nicht?

Nicht mehr, sagt er. Früher hatte ich das.

Wann?

Es ist albern.

Erzähl es mir.

Früher wollte ich mit allen zusammen sein.

Aha, sagt sie, und jetzt?

Jetzt habe ich nicht das Gefühl, dass du nicht alle bist.

Sie antwortet nicht, sieht ihn nur fragend an, skeptisch.

Nein, so meine ich das nicht. Es fühlt sich an, als wärst du alle in einer, sagt er. Du bist genug. Du bist alle, die ich brauche.

Jette dreht sich zur Seite, sieht ihn an, den Kopf auf ihre Hand gestützt.

Und wenn es dir nicht reicht?

Es reicht mir.

Vielleicht reicht es dir eines Tages aber nicht mehr, sagt sie so leise, dass er nicht sicher ist, ob der Satz für ihn bestimmt ist oder für sie selbst.

Sie haben alles schon gesehen, jetzt schon. Es fühlt sich heimatlich an, es gibt ihr Café, ihren Supermarkt und ihre

Bar, und jetzt nehmen sie ihre Abkürzung zu ihrem Restaurant. Der Abend ist nicht wirklich Abend, sondern heller Tag, gefühlter Tag, den keine Nacht vom nächsten Tag trennen wird, so wie die Nacht vorher nicht vom nächsten Tag getrennt war. Die Zeit liegt immer noch vor ihnen, nicht in vorgegebenen Portionen, sondern wie ein großer Block, frei einteilbar und fast gleichbleibend hell, immerzu hell.

Lass uns einen anderen Weg nehmen, schlägt er vor, als sie auf den künstlichen Teich zulaufen, an dem sie den Vogel gefunden haben, aber Jette schüttelt den Kopf.

Was ändert es, wenn wir es nicht wissen?

Vielleicht fühlen wir uns besser.

Wir fühlen uns genauso schlecht, sagt Jette, wir wissen es nur nicht.

Glaubst du das wirklich?

Ja. Wir wissen, wenn wir etwas nicht wissen wollen, warum wir es nicht wissen wollen. Wenn wir uns trauen, es herauszufinden, dann gibt es jedenfalls noch eine Chance.

Halb voll, sagt er, und sie nickt.

An der Stelle, wo Jette den Vogel unter den Busch gelegt hat, nichts.

Marvin drückt Jettes Hand, aber sie lässt ihn los und streicht sich eine Haarsträhne hinter das Ohr.

Die Kirche sah wirklich so aus, als würde da jemand wohnen, oben in dem Turm, sagt sie. Gottes Haus. Schade, dass er nicht da war.

Stimmt, sagt Marvin. Hast du eigentlich etwas von Mo gehört?

Mein Telefon ist aus, antwortet Jette.

Und sie weiß wirklich nichts?

Ich habe ihr nichts erzählt.

Wie kommt das?

Sie hat den Kopf voll mit anderen Sachen, sagt Jette. Sie arbeitet die ganze Zeit. Und dann hat sie ja nebenbei auch noch ihr privates Glück zum Projekt gemacht.

Glaubst du, das funktioniert so?

Warum nicht? Wenn sie die richtige Suchmaske hat?

War da nicht noch was, fragt Marvin, die sogenannte Chemie?

Was nützt einem die Chemie, wenn man nicht zusammen in Urlaub fahren kann, weil man nicht dasselbe will?

Da hast du recht, sagt Marvin.

Apropos. Weißt du noch, der stressige Urlaub letztes Jahr, bei dem alles schiefgegangen ist, was nur schiefgehen konnte?

Du übertreibst, sagt er, es ist nicht alles schiefgegangen.

Nein, nicht alles. Nur, dass wir uns ausgesperrt haben, dann in der dunklen Nacht ohne Jacken vor unserem Apartment standen, und es gab nicht mal richtiges Licht.

Aber das war ja nur eine Viertelstunde, dann haben wir das Fenster aufbekommen.

Und dann hatten wir den Platten mit dem Mietwagen auf dieser Schotterpiste, und plötzlich waren die Papiere verschwunden …

Weil du sie aus der Tasche genommen hast, sagt er.

Ich habe sie an einem sicheren Ort verwahrt, sagt sie.

Der dann so sicher war, dass wir ihn selbst nicht wiedergefunden haben.

Haben wir doch.

Schon, sagt er, aber erst, nachdem wir einen halben Tag lang Panik hatten.

Es war höchstens eine Stunde.

Und warum hast du …, fragt Marvin, da legt sich eine Hand auf seinen Arm, ein Mann ist neben ihm, excuse me, where are you from?

Er ist groß und hager, und er fängt sofort an zu erzählen. Er ist von hier, hier geboren, betont er, als würde daran ein Zweifel bestehen. Vor über fünfzig Jahren, erzählt er, und er kennt sie alle, jeden einzelnen Einwohner, und die, die er nicht kennt, spricht er an, weil er ihnen etwas erzählen muss, sagt er, weil der Ort besonders ist und Geheimnisse hat und Geschichten, die erzählt werden müssen. Ein Freund von ihm, fügt er hinzu, ist neulich in einem Film gewesen, sie sind aus Deutschland gekommen, um ihn zu filmen.

Marvin nickt höflich, Jette stellt sich etwas dichter an seine Seite, während der Mann weiterspricht. Dieser Freund wohnt am Busbahnhof, erklärt er, im Sommer und im Winter, und das, seit er denken kann, schon immer.

So abrupt, wie er zu reden begonnen hat, hört der Mann wieder auf. Er neigt den Kopf, dann hebt er die Hand zum Gruß und verschwindet.

Marvin holt Luft.

Was war das denn?, fragt er.

Vielleicht macht man das hier so.

Wo waren wir gerade?

Ich weiß nicht, sagt sie, irgendwas wollte ich gerade sagen. Ach, ja, Mo. Das Internetforum. Du weißt von nichts.

Klar, sagt Marvin. Ich weiß gar nichts.

Sie bestellen zwei Biere, von denen jedes so teuer ist wie drei bei ihnen zu Hause, und nehmen sich vor, sie so langsam zu trinken wie drei Biere bei ihnen zu Hause, um die Versuchung auf ein nächstes so lange wie möglich hinauszuschieben.

Wenn ein Bier dreimal so teuer ist, dann ist es auch dreimal so viel wert, sagt Jette.

Erinnerst du dich an das Licht, als wir ankamen?, fragt er. Wie es immer heller wurde, mitten in der Nacht?

Ist ja noch nicht so lange her, erwidert sie.

Unsere Koffer waren viel leichter als am Abend davor zu Hause.

Stimmt.

Und weißt du noch, die Busfahrerin? Wie sie zweitausend Kronen verlangt hat und den großen Schein nicht wechseln konnte? Und zwei Pfund wollte oder zwei Euro, als gäbe es da keinen Unterschied? Zwei Dollar, zwei Taler! Geben Sie mir zwei, egal wovon, zwei von irgendwas.

Zwei oder zweitausend.

So entspannt, sagt er. Vielleicht wird man so entspannt, wenn man auf heißem Boden sitzt.

Entspannt? Meinst du?

Vielleicht ist es gut, wenn man weiß, dass der Boden

unter einem brodelt, sagt er. Dass sich alles verändern kann jederzeit. Und alles ganz anders wird, als man dachte. Vielleicht zwingt es einen zur Gelassenheit. Die Dinge zu nehmen, wie sie kommen.

Wenn sie kommen.

Irgendwas wird schon kommen.

Hitze macht unfruchtbar, sagt sie. Habe ich irgendwo gelesen. Dass Männer unfruchtbar werden, wenn sie zu häufig einen Laptop auf dem Schoß haben. Die Spermien werden dann so gelassen, dass sie nicht mehr wissen, wohin mit sich, und im Kreis schwimmen.

Kannst du nicht mal an was anderes denken, sagt er.

Du denkst doch auch daran, sagt sie. Deswegen redest du doch die ganze Zeit von Veränderung und Gelassenheit.

Was soll das?, fragt er, ich rede von dem Ort, an dem wir gerade sind. Du schaffst es, von jedem Thema eine Brücke zu schlagen. Dabei arbeite ich überhaupt nicht mit dem Laptop, und bei mir ist alles in Ordnung, das weißt du.

Siehst du. Und bei mir ist gar nichts in Ordnung.

Das habe ich nicht gemeint, sagt er.

Aber gesagt. Es ist meine Schuld. Und da erzählst du mir was von Gelassenheit.

Es tut mir leid. Was willst du von mir hören?

Alles wäre besser als diese Frage. Manchmal bekomme ich Lust, einfach zu verschwinden, um zu sehen, was du dann tust. Um zu sehen, ob du überhaupt was tust.

Ich will doch nur …

Genau das ist das Problem, sagt sie. Du willst doch nur. Ich will aber nicht, dass du doch nur willst.

Und du, sagt er. Du sagst immer nur, was du nicht willst. Was willst du denn eigentlich?

Ich will, dass du mich das nicht fragst. Ich will, dass du es weißt, ohne mich zu fragen, dass du mich nicht fragen musst, weil es nichts zu fragen gibt, weil du die Antwort kennst, genau wie die Frage, und sie deshalb nicht stellen musst.

Ich verstehe dich nicht, sagt er.

Ich weiß, sagt sie.

## 1985

Das Meer und der Himmel sind vom selben Blau, so als hätte sich eins beim anderen angesteckt.

Alexandra sitzt auf dem weiß gekalkten Steinmäuerchen mit Blick über den Strand, Miranda so nah neben sich, wie sie es gerade ertragen kann. Sie essen Eis, das hat sich in den letzten Tagen bewährt, um einen Waffenstillstand herzustellen, vorübergehend. Aber Miranda isst Schokolade, Alexandra isst Vanille, und so geht es schon, seit sie hier sind.

Jetzt mit Marco und Silvio in dem Haus, sagt Miranda.

Alexandra nickt.

Schade, dass sie so früh abgereist sind, sagt Miranda, wir hätten jede Menge Spaß haben können.

Den Spaß haben sie ja nicht mitgenommen.

Alexandra bohrt ihre Füße in den staubigen Sand. Der Strand füllt sich allmählich mit Familien, die Sonnenschirme aufstellen und ihre Kühlboxen in den selbst gemachten Schatten stellen.

Schade, dass die beiden Stefans heute keine Zeit haben, sagt Miranda.

Jeden Tag muss ich die auch nicht sehen.

Aber zu viert ist es lustiger.

Alexandra beißt ein Stück von ihrer Eiswaffel ab. Sie

hätte nicht gedacht, dass es so anstrengend sein kann, das zu tun, was man tun will.

Es ist das erste Mal, dass sie ohne Eltern verreisen, für beide, wenn man einmal absieht von den Klassenfahrten und von der Bustour nach Venedig, die sie zusammen gemacht haben und die viel mehr aus Bus bestand als aus Venedig. Sie waren damals die ganze Nacht durchgefahren und hatten sich einen Kopfhörer von einem Walkman geteilt und Musik gehört, sodass es im Grunde egal war, wo sie sich gerade befanden, und als sie morgens ankamen, waren sie so müde, dass sie am liebsten auf der Stelle zurückgefahren wären und nicht erst abends.

Dieses Mal ist es etwas anderes. Die großen Ferien. Es ist keine Wochenendgruppenreise, sondern sie sind allein, ganze zwei Wochen lang, sie wohnen bei einer Familie und nicht in einem Apartment, oder, was noch cooler wäre, in einem Hotel, aber sie haben einen Schlüssel und können kommen und gehen, wann sie wollen, und auch wenn das Ganze als Sprachreise getarnt ist, wissen doch alle, selbst ihre Eltern, dass es hier nicht darum geht, ihr Englisch aufzubessern, sondern darum, frei zu sein.

Seit sie hier sind, haben sie keine Wolke mehr gesehen, die Sonne knallt zuverlässig jeden Tag vom Himmel, als gäbe es kein Ende, und sie haben gute Leute kennengelernt. Alles könnte perfekt sein.

Es fing damit an, dass Miranda sich auf Alexandras Platz setzte, den Fensterplatz, und dabei so tat, als hätte sie nicht bemerkt, dass ein B auf ihrer Bordkarte stand und kein A.

Es macht dir doch nichts aus, sagte Miranda, auf dem Rückflug machen wir es dann andersrum.

Der Rückflug war mit dem Hinflug nicht zu vergleichen, und natürlich machte es ihr etwas aus, sie hatte sich darauf gefreut, von oben das Meer zu sehen und die langen Sandstrände, wo es gegen die Insel traf. Das war der Moment, in dem ihr zum ersten Mal auffiel, dass Miranda sich die Dinge nahm, als gehörte ihr die ganze Welt. Was Alexandra blieb, an der Stelle von Platz, Blick und Gerechtigkeit, war ein Unwohlsein, das noch verstärkt wurde durch den Umstand, dass der Mann am Gang, auf Platz C, mit seinem Arm die Sitzlehne beanspruchte und einen säuerlichen Geruch verströmte.

Kaum waren sie von der Gastfamilie in ihr Zimmer gebracht worden, hatte Miranda schon ihre Reisetasche auf das Bett am Fenster geworfen und sich selbst hinterher, und dass sie Alexandra dabei fragte, welches Bett sie wolle, machte die Sache nicht besser. Es war ein bisschen so, als wäre das Es-macht-dir-doch-nichts-aus im Flugzeug die letzte Gelegenheit zum Einspruch gewesen, und als wäre Alexandras Schon-okay seitdem ihre Begleitung und ebnete die Bahn für unzählige weitere Übertretungen.

Miranda hatte sich mit den beiden Stefans verabredet, bevor sie sich überhaupt vorgestellt hatten, Miranda trocknete sich mit ihrem Handtuch ab, Miranda benutzte ihre Bürste und ließ ihre blonden Haare darin, Miranda lieh sich ungefragt ihre Badelatschen, Miranda füllte jeden

Raum, der nicht belegt war, in Sekundenschnelle komplett aus mit Miranda.

Alexandra steckt sich die Spitze der Eiswaffel in den Mund.

So, sagt Miranda, und was jetzt?

Jetzt machen wir das, wofür wir hergekommen sind, antwortet Alexandra.

Englisch lernen?

Quatsch. Wir legen uns auf unsere Handtücher in die Sonne, lesen und werden braun.

Lass uns etwas Neues und Aufregendes machen.

Neu und aufregend. Was könnte das sein. Mit den beiden Stefans abhängen?

Die können ja nicht. Wir könnten andere kennenlernen.

Sehr neu.

Wir spielen Beachball.

Dazu ist es zu heiß.

Wir mieten ein Tretboot.

Das ist doch peinlich.

Quatsch, sagt Miranda, das ist voll cool. Du musst auch gar nichts machen. Ich trete.

Miranda ist schon aufgesprungen, und Alexandra wird, bevor sie protestieren kann, an den Strand gezogen, wo die Tretboote halb im Sand und halb im flachen Wasser liegen. Die Handtücher lassen sie ausgebreitet am Strand zurück.

Niemand zu sehen, der für die Boote zuständig wäre.

Wir zahlen, wenn wir zurückkommen, sagt Miranda.

Alexandra stemmt ihre Hand gegen die Reling und schüttelt den Kopf.

Komm schon. Sei nicht so feige. Wir klauen es doch nicht. Wir bringen es in genau einer Stunde zurück. Oder in zwei.

Miranda navigiert sie geschickter zwischen den Badenden hindurch, als Alexandra ihr zugetraut hätte.

Ganz schön anstrengend, sagt Miranda. Mach doch auch mal was. Tritt doch mal mit.

Sie haben den Schwimmerbereich hinter sich gelassen, als ein Boot auf sie zukommt, mit gedrosseltem Motor. Drinnen sitzen zwei Typen, in der üblichen Aufmachung, nichts außer Badehose, Brusthaar und Goldkettchen.

Italiener, sagt Miranda, wetten? Und wetten, die laden uns gleich ein?

Du willst mit, nur weil sie Italiener sind?

Klippo, sagt Miranda.

Kompletter Wahnsinn, sagt Alexandra.

Kompletter Quatsch, wenn, sagt Miranda, du denkst immer das Schlimmste. So schnell passiert das aber nicht.

Es sind nicht alle so harmlos wie die beiden Stefans, sagt Alexandra.

Sie erinnert sich daran, wie Miranda neulich mit beiden Stefans gleichzeitig Händchen gehalten hat und es nicht klar war, ob die es nicht merkten oder ob es sie einfach nicht störte.

Wie denn?, fragt Miranda. Es ist heller Tag, und hier

sind tausend Leute. Und außerdem – du musst schon mitkommen, wenn du was erleben willst.

Obwohl Alexandra sich nicht sicher ist, ob es wirklich das ist, was sie will, etwas erleben, ist es verlockend, etwas zusammen zu machen, statt zu streiten, und vielleicht für einen Moment sogar selbst ein bisschen so zu sein wie Miranda.

Miranda winkt den beiden Typen und macht Gesten, dass sie das Tretboot zurückbringen und dann wiederkommen.

Der am Steuer hält den Daumen hoch. Er ist etwas dünner als der andere und hat eine Nase, die Alexandra an den Geometrieunterricht erinnert.

Wir müssen komplett verrückt sein, sagt Alexandra, als sie zum Strand zurückstrampeln.

Neulich hast du das auch gesagt, bei Marco und Silvio war es genau das Gleiche, und was war? Steig lieber aus und hilf mir, das doofe Boot an Land zu ziehen.

Marco und Silvio haben sie beim Eisessen kennengelernt, an einem anderen Strand, nachmittags vor ein paar Tagen. Marcos Eis war geschmolzen und von der Waffel gerutscht. Er stand da und sah auf die leere Waffel, so verdutzt wie ein kleiner Junge, der sich fragt, wo sein Eis geblieben ist. Silvio hatte so gelacht, dass Marco ihm sein Eis ins Gesicht ditschte, und Miranda und Alexandra, die zufällig danebenstanden, konnten nicht anders, als mitzulachen. Als Marco dann neues Eis holte, brachte er gleich zwei für Miranda und sie mit, und auch, wenn es natürlich Schokoladeneis war und kein Vanilleeis, befand sich Alexandra zum ersten Mal auf dieser Reise in einer Situation, die nicht sofort in die Schräglage kippte und ihr das Gefühl gab, gar nicht da zu sein. Sie versuchten, sich zu unterhalten, soweit das mit ihren gesammelten Englischkenntnissen möglich war. Dann luden die beiden sie zu ihrem Abschiedsessen ein, am nächsten Tag würden sie abreisen. Sie waren nett, und obwohl Alexandra sich nicht sicher war, worauf sie sich da einließen, verabredeten sie sich für den Abend vor dem Supermarkt. Viel Zeit blieb nicht für die Vorbereitungen, aber sie waren pünktlich und frisch geföhnt zur Stelle, nicht da waren allerdings Marco und Silvio, und erst, als sogar Miranda kurz davor war aufzugeben, hielten sie mit quietschenden Reifen in der Parkbucht, alle Fenster heruntergekurbelt, und aus dem Wageninneren klangen dumpfe Bässe. Sie nannten einen Ortsnamen, der ihnen nichts sagte, nicht weit, nur ein paar Minuten. Alexandra zögerte, ich dachte, wir gehen zu Fuß, sagte sie, aber Miranda saß schon im Auto, als sie erwiderte, was du immer denkst.

Alexandra dachte an ihre Eltern, als sie einstieg, sie würde ihnen niemals erzählen, dass sie in diesem Urlaub ständig Dinge tat, bei denen sie ausrasten würden, wenn sie davon wüssten, nicht weil es um das Prinzip ging, sondern weil doch hinter dem Prinzip immer ein guter Grund steckt, wie ihr Vater gerne sagte, aber dann saß sie schon neben Miranda auf der Rückbank, die beiden fremden Jungen vor sich, sie fuhren über die Insel, und draußen wurde es langsam dunkel. Die Musik war so laut, dass kei-

ie schwimmt, gefolgt von Dario, hinaus zum Boot, die beiden Männer wechseln einige schnelle Sätze. Alexandra sieht zu, wie Luca Miranda, die jetzt neben n sitzt, während der Fahrt die Armaturen erklärt. Mir-da nickt. Luca beschleunigt, und der Bug hebt sich. iranda lacht, ihre nassen Haare wehen Luca ins Gesicht, hält sie zusammen, lässt den Arm auf ihrer Schulter lie-n. Alexandra beobachtet, wie Miranda ihn abschüttelt, ne Hand fest auf dem Lenkrad, Luca legt seinen Arm ieder auf ihre Schulter, sie schüttelt ihn erneut ab, so oft, is der Dicke etwas von der Rückbank ruft und der ande-e seinen Arm zurückzieht, nur um seine Hand auf ihrem ackten Oberschenkel liegen zu lassen, aber Miranda chiebt sie zur Seite und sieht ihn böse an.

Luca rückt von Miranda ab und drückt den Gashebel nach vorne. Das Boot scheint kaum noch das Wasser zu berühren, sie fliegen durch die Luft, nur ab und zu klatschen sie gegen eine Welle, werden rhythmisch gegen das Meer geworfen, als wolle es sie aufhalten, aber sie sind zu schnell. Alexandra hält sich an einem Metallbügel fest, sie sieht zu Dario, der etwas zu Luca ruft, dann blickt sie zurück auf den Strand, sieht in der Ferne, wie in einer Spielzeuglandschaft, Menschen, die in der Sonne liegen und lesen oder Beachball spielen, ein paar Liegen unter Sonnenschirmen, den Kiosk, an dem sie eben noch das Eis gekauft haben, das Tretboot, zwischen all dem irgendwo auch ihre verwaisten Handtücher, drüben auf der anderen Seite.

Miranda hat beide Arme nach oben ausgestreckt, sie



ner sich richtig unterhalten konnte, ohne zu schreien, selbst Miranda war still, und es war schön, die kurvenreiche Straße entlanggefahren zu werden, die Lichter zu sehen, Musik zu hören und ab und zu ein paar gerufene Worte in einer Sprache, die sie nicht verstand.

Und obwohl sie keine Ahnung hatte, ob sie jemals irgendwo ankommen würden, dachte Alexandra, dass sie in diesem Moment glücklich war, jetzt, egal, was passieren würde, es war zu dunkel für Gesichter, es war egal, wer Marco war und wer Silvio, und sogar wer Miranda war und wer Alexandra, sie waren zusammen und gleich und überhaupt da, und keiner brauchte etwas zu sagen.

Sie hielten etwas außerhalb eines Ortes im Inselinneren an einem Haus, das voller junger Leute war, die sie in ihre Runde aufnahmen, als gehörten sie dazu. Den ganzen Abend bekam sie wenig mit von Miranda, die am anderen Ende der langen Tafel saß, nur ab und zu erinnerte ihr durchdringendes Lachen daran, dass sie zu zweit hergekommen waren. Es gab eine große Schüssel voll Pasta, die im Topf mit der Soße verrührt worden war und nicht erst auf den Tellern wie zu Hause. Sie tranken Wein, der aus Glaskaraffen eingeschenkt wurde, die niemals leer zu werden schienen, die Fenster waren offen, und in den brennenden Kerzen, die überall herumstanden, um den Raum zu beleuchten, verbrannten die Motten, die nicht wussten, wie ihnen geschah.

Und obwohl alles gut war, es im Grunde der perfekte Abend war, blieb das Schönste daran der bewusste Moment des Glücks im Auto auf dem Weg dahin, als Alexandra auf alles gefasst und zu allem bereit gewesen war.

Die sind ein bisschen älter, als ich mir das vorgestellt habe, sagt Miranda, aber dafür haben sie das Boot. Und wir wollen schließlich nichts mit ihnen anfangen, stimmts?

Alexandra sagt immer noch nichts, aber sie schwimmt hinter Miranda her zum Boot, und das ist mehr eine Antwort als alles, was sie sagen könnte. Die Typen reichen ihnen die Hände und ziehen sie an Bord.

Luca, sagt der mit der geometrischen Nase, der am Steuer sitzt.

Dario, sagt der Dickere neben ihm.

Alexandra setzt sich neben Miranda auf die Rückbank und ist plötzlich auf der anderen Seite, bei denen, die früher am Strand die lauten Kassettenrekorder dabeihatten, über die sich ihre Eltern immer aufgeregt haben, ohne zu ahnen, dass Alexandra sie am liebsten im selben Moment verlassen, ihr großes Badetuch genommen und sich zu der Clique gelegt hätte, die ihren Eltern ein Dorn im Auge war.

Miranda wringt sich das Salzwasser aus den Haaren.

Alexandras Beine kleben am heißen Plastikbezug der Sitzbank. Ihr Bikini ist fast schon trocken. Luca lässt das Boot an einer Schwimmerin vorbeituckern und gibt dann Vollgas, sodass sich der Bug aus dem Wasser hebt. Dario dreht sich nach hinten und grinst, als er sieht, wie es sie in die Sitzbank drückt. Dann sagt er etwas zu Luca und deu-



tet nach links, woraufhin der zum
steuert, wo große Felsen im Wass
ter vor ihnen drosselt er den Moto
Alexandra schirmt mit der Han
besser gegen die Sonne sehen zu k
würde der Weg zurück bestimmt eine
nicht nur weit bis zur sandigen Mitte
der Weg über die Felsen wäre auch
wenn man keine Schuhe dabeihat. Nie
ist hier. Sie schwimmen zum Felsen, na
kleinen Anker ausgeworfen hat. Alexand
Sonne auf den Felsen, die Füße hält sie i
Dario schüttelt seinen Kopf so hefti
sertropfen aus den Haaren in alle Richtun
setzt sich neben Alexandra und macht eine
seiner Hand, die neben Sonne, Himmel, M
auch Miranda und Alexandra mit einbezie

Beautiful, sagt er.

Alexandra wirft Steinchen ins Wasser.

Als Dario sie fragt, ob ihr die Insel gefällt

Er fragt sie, woher sie kommen, und erz
Verwandte in ihrer Stadt hat und dass er sie im
besucht hat.

Dass Miranda und Luca schon wieder im B
merkt Alexandra erst, als der Motor angelasse

Hey, ruft sie.

Er lässt mich mal fahren, ruft Miranda, wir h
wieder ab!

Du spinnst doch, ruft Alexandra, ich komme

hält sich ihre Haare, die schon fast trocken im Wind flattern. Dario ruft wieder etwas nach vorne zu Luca, aber der reagiert nicht und fährt, ohne die Geschwindigkeit zu drosseln, in starrer Haltung weiter in Richtung Horizont auf das offene Meer.

Niemand würde sie hören.

Miranda dreht sich zu ihr nach hinten.

Was ist denn mit dem los, ruft sie in den Fahrtwind. Ist bei dem was durchgeschmort?

Alexandra schüttelt den Kopf. Sie will etwas sagen, aber der Wind drängt ihr die Luft zurück in die Kehle, bevor die Worte da sind.

Dario beugt sich wieder nach vorne. Er legt Luca die Hand auf die Schulter, redet auf ihn ein. Luca geht vom Gas. Erst grinst er Miranda an, dann Alexandra, und dann reißt er das Steuer herum.

Alexandra holt Luft, so viel in ihre Lungen passt, und atmet leise aus.

Von hier aus könnte man schwimmen, der Strand kommt auf sie zu, Alexandras Pulsschlag ist fast wieder normal. Sie werden etwas zu erzählen haben, wenn sie gleich ausgestiegen sind. Miranda lächelt zu ihr nach hinten, und Alexandra lächelt zurück. Sie sieht, wie Luca Miranda ein Zeichen gibt, vor sich auf das Steuer deutet und sie auffordernd ansieht. Luca rutscht etwas zurück und bedeutet ihr, sich vor ihn zu setzen. Miranda klettert vor das Steuer, während Luca Gas gibt.

Alexandra versteht nicht, was Miranda jetzt ruft, aber

es macht ihr offensichtlich Spaß, so wie sie das Lenkrad dreht und Schlangenlinien fährt.

Alexandra kann sich an den Namen des Dicken neben ihr auf der Rückbank nicht mehr erinnern, auch an den Namen des anderen nicht, der nun seine Badehose zur Seite geschoben hat, weil sie zu eng geworden ist für das, was aus ihr hervorragt und gegen Mirandas Rücken gedrückt wird, ein männliches Glied, das aber nicht besonders männlich aussieht, sondern hilflos, und zudem eine komische Farbe hat, was wahrscheinlich daran liegt, dass der Typ es jetzt kräftig mit seiner rechten Hand bearbeitet, während er mit seiner linken Hand das Lenkrad hält und Mirandas Fahrstunde fortsetzt, als gehöre das, was hinter ihrem Rücken geschieht, mit zum Programm.

Miranda, ruft sie gegen den Lärm des Motors. Weißt du, was der da gerade macht?

Wieso?

An deinem Rücken?

In diesem Moment kommt der Typ zum Ende, vielleicht weil er gemerkt hat, dass die Zeit knapp wird oder die Bedingungen ungünstiger werden, und es kommt aus ihm heraus, als wäre sein Penis ein Ventil. Er verliert an Form und Farbe, fällt in sich zusammen und wird mit routinierter Handbewegung in der Badehose versenkt, als hätte es ihn nie gegeben. Der Typ nimmt einen Lappen vom Boden des Bootes, wischt sich die Finger ab und reibt danach einmal über Mirandas Rücken, mit einer Geste, die beinahe liebevoll wirkt.

Dann dreht er sich zu Miranda um.

So, how much was the rent for the boat, sagt er, the pedalo.

Im flachen Wasser wäscht Miranda sich ihren Rücken ab.

Scheiße, sagt sie, dass ausgerechnet mir das passieren muss.

Alexandra hilft ihr, indem sie Wasser an Mirandas Körper herunterlaufen lässt, ohne sie dabei zu berühren. Als er so schnell auf das offene Meer gefahren ist, hatte ich Angst, sagt sie.

Echt, sagt Miranda, ich nicht.

Alexandra sieht sie an, ohne etwas zu erwidern. Es ist genau das, was sie an Miranda bewundert, und der Grund, warum sie sich streiten, seit sie hier sind. Einen Moment lang überlegt Alexandra, ob sie es ihr nicht hätte erzählen sollen, aber dann wird ihr klar, dass Miranda ihr, wenn sie es ihr zu einem späteren Zeitpunkt erzählt hätte, niemals geglaubt hätte, und schon gar nicht glauben würde, dass sie wusste, dass es passieren würde, genau so, wie sie wusste, das nichts passieren würde.

Als sie wieder auf ihren Handtüchern liegen, die Haut schon trocken ist und nur eine kleine Salzschicht zurückgeblieben ist, die leicht spannt, dreht Miranda sich zu Alexandra um und sagt etwas. Obwohl Alexandra hört, dass Miranda etwas zu ihr sagt, versteht sie es nicht, weil ihr in dem Moment gerade etwas durch den Kopf geht, das sich nicht beiseiteschieben lässt, weil es ein Gedanke ist, der sich wie ein weiches Tuch über alles legt, über sie selbst und Miranda, über den Strand mit den vielen Menschen, über die blaue Bucht, das Wasser, die Boote, selbst das Boot mit den beiden, das sich immer weiter von ihnen entfernt, das Mittelmeer, die Kontinente, die Erde, das Universum, und so groß ist, wie sie denken kann, ohne dass ihr schwindelig wird, dass, abgesehen von den kleinen und größeren Missstimmungen, die zwischen den Menschen vorkommen, weil sie so verschieden sind, ihr nichts Schlimmes passieren kann.

Jetzt, ohne Jette unterwegs auf den Straßen, auf denen sie fast überall zusammen gewesen sind, merkt er, wie sehr er daran gewöhnt ist, mit ihr zu gehen, sich ihrem Tempo anzupassen.

Wir sehen uns sowieso gleich wieder, hatte er gesagt, bevor sie sich trennten. Man kann sich nicht aus dem Weg gehen in dieser Stadt.

Stimmt. Wir treffen immer wieder dieselben Leute. Der Frau mit dem schwarz-weiß karierten Mantel sind wir bis jetzt jeden Tag begegnet.

Was machen wir, wenn wir uns sehen?

Wir tun so, als würden wir uns nicht kennen. Heute Abend treffen wir uns zum ersten Mal.

Zufällig, sagte er. Wollen wir es darauf ankommen lassen?

Lieber nicht.

Sie haben Glück, dass es nicht regnet, das Hotelzimmer ist tabu, so haben sie es vereinbart, es wäre ungemütlich geworden. Gleichzeitig erschrickt er über seinen Gedanken, Glück, dass ihr Plan, sich aus dem Weg zu gehen, nicht scheitert, ist das wirklich Glück, wäre es nicht vielmehr Glück, wenn sie sich beide vor der Zeit im Hotelzimmer zur Versöhnung einfänden, finden würden, wäre das Scheitern des Plans nicht eigentlich sein Gelingen, das Zusammensein?

Das Licht überrascht ihn immer noch, es scheint von allen Seiten gleichzeitig zu kommen, sogar von unten, als seien sie wirklich auf der oberen Hälfte der Kugel und als sei das nicht nur eine willkürliche Festlegung, die dazu dient, dass man sich im Raum orientieren kann. Er hat gelesen, dass die Erde, wenn man sie auf einen Tisch legen würde, in sich zusammenfiele, erdrückt durch ihr eigenes Gewicht, egal an welcher Stelle sie aufläge.

Eine absurde Vorstellung, ein Tisch in dieser Größe, im Nichts, im Schwarz, im Universum. Wahrscheinlich bräche auch der Tisch in sich zusammen, wenn er auf einem noch größeren Tisch stünde, und so weiter, alles bricht zusammen, wenn es auf das trifft, was größer ist als es selbst und es mit seinem eigenen Gewicht konfrontiert.

Dabei müsste eine Kugel doch besonders stabil sein, ein Ganzes, Vollkommenes, wegen der Spannung, beziehungsweise ihrer gleichmäßigen Verteilung. Aber wahrscheinlich funktioniert das nur im luftleeren Raum, Vollkommenheit gibt es nur, solange es nichts anderes gibt, sobald die Kugel auf etwas anderes trifft, definiert das andere den Bezug, das andere gibt an, wo unten ist, und die Kugel zerfällt in sich selbst, zerdrückt durch ihr eigenes Gewicht.

Er kann sich nicht daran erinnern, wann er das letzte Mal ziellos herumgelaufen ist. Nicht, dass er nie alleine unterwegs wäre, nur nicht im Müßiggang, sondern immer zielgerichtet, bei der Arbeit, im Alltag, bei Besorgungen.

Die Spaziergänge an den sonnigen Sonntagen machen sie zu zweit, und er ist gewohnt, ihr zuzuhören, laut zu denken und nicht leise, zusammen und nicht allein. Seine Wege haben immer als Ziel einen Ort oder eine Begegnung, die Vermeidung von Ort, Hotelzimmer und Begegnung, Jette, so wie jetzt gerade, ist eine ungewohnte Situation. Müßiggang, denkt er wieder, und die einzige Bedeutung von müßig, die ihm einfallen will, ist überflüssig.

Marvin merkt, dass er im Kreis gegangen ist, wieder steht er vor der Kirche, wieder weiß er nicht, wohin er sich wenden will, was willst du eigentlich, denkt er, und, als er keine Antwort darauf hat, was willst du eigentlich nicht. Er beschließt, ab sofort immer den Weg zu nehmen, den er eigentlich nicht nehmen will, den uneigentlichen Weg, vielleicht bringt ihn das ja weiter, vielleicht bringt ihn das irgendwohin.

Drei Kreuzungen später sieht er sie. Sie kommt aus einem Laden, dem Laden, in dem sie die Datteln gekauft haben. Sie lächelt, bringt das Lächeln von drinnen mit, er kennt es, ihr Lächeln, das von jemandem provoziert, aber für niemanden bestimmt ist, wie eine Stimmgabel, denkt er, sie klingt nach, egal, ob jemand sie hört oder nicht.

Vielleicht hat sie noch einmal diesen Heißhunger gehabt, frische Datteln zu essen. Den Heißhunger, den er früher nicht von ihr kannte, aber seit ein paar Monaten, ziemlich genau seit der Plan in der Luft schwebt, gibt sie sich diesen Gelüsten hin, sie hat regelrechte Attacken, in denen sie die absurdesten Kombinationen ausprobiert,

Süßes mit Scharfem, Heißes mit Kaltem, Flüssiges mit Festem, und über allem und jedem Erdnussbutter, selbst zu den Feuererbsen, dem Gericht aus ihrer Anfangszeit, das sie eines Nachts, als sie Hunger bekommen hatten, erfunden hat, ein Gericht aus allem, was ich habe, hatte sie ihm versprochen, und der Kühlschrank war leer gewesen, nur im Tiefkühlfach eine Packung Erbsen, in Butter geschmort, mit Pfeffer und Chilischoten gewürzt und dann mit dem Zauberstab zu einem süß-scharfen giftig grünen Brei püriert, den er nicht nur gierig aufgegessen, sondern sich seitdem etliche Male gewünscht hat, als Beilage, zum Frühstück als Brotaufstrich oder sogar, wie beim ersten Mal, als komplettes Nachtmahl, was zugegeben vorwiegend nostalgische Gründe hatte und keine kulinarischen.

Mit der Erdnussbutter zu den Feuererbsen hat sie allerdings ein Stadium erreicht, bei dem er ihr nicht mehr folgen kann. Und obwohl, wie sie inzwischen wissen, Jette weit davon entfernt ist, jemals schwanger gewesen zu sein, lag es nicht am Essen, dass ihr schlecht gewesen war, monatelang ist ihr schlecht gewesen, so kommt es Marvin vor, seit sie dieses Wort zum ersten Mal ausgesprochen hat.

Vielleicht ist sie auch in den Laden gegangen, um sich genau dieses Lächeln abzuholen, jemanden zu treffen, der ihr für einen kurzen Moment eine bestimmte Bedeutung verleiht, und wenn sie nicht weiß, was es mit dieser Bedeutung auf sich hat, umso besser vielleicht, was hat sie gesagt, nichts, sie hat nur gelächelt, während sie sich gedankenverloren am Hals kratzte, gelächelt, quer durch den Laden, über eine größere Entfernung als es gemeinhin üblich ist, und das reicht ja vielleicht schon.

Sie biegt links ab, und er versucht mit dem Argument, dass er selbst, wenn sie nicht da wäre, geradeaus gehen würde und jetzt im Sinne des uneigentlichen Weges die Abzweigung nehmen musste, zu rechtfertigen, dass er ihr folgt.

Sie geht gleichmäßig, relativ schnell, wenn er sie nicht kennen würde, würde er denken, dass sie ein festes Ziel hat, sie sieht nicht aus wie eine Touristin, sie sieht aus, als gehöre sie ins Bild.

Er fragt sich, was er wohl über sie denken würde, wenn er sie nicht kennen würde, ob er ihr auch folgen würde, sie sogar ansprechen. Er mag die Art, wie sie geht, gleichmäßig, beständig, ausdauernd, sie ist zäh, er hätte auch nie gedacht, dass sie nicht … aber so etwas kann man ja nicht sehen. Er beobachtet sie, ihren Gang, ihren Weg, wie sie mit anderen Passanten ist, sie weicht fast nie zur Seite, sondern bleibt auf ihrer Geraden, so als wäre es ein Wettkampf, den sie jedes Mal gewinnt. Er folgt ihr im Abstand von einigen Metern, ab und zu bleibt er zurück und fragt sich, ob sie bemerkt hat, dass er sie verfolgt.

Was täte er, wenn es sie nicht gäbe. Wenn er derjenige wäre, der nicht könnte, und sie sich einen anderen suchen würde. Ihn verlassen.

Er wäre nicht hier ohne sie, er müsste nicht nur die nächsten zehn Jahre neu denken, sondern auch die letzten, alles, was gilt, wäre hinfällig.

Sie würde sich jemanden suchen, der Kinder hat, aber keine Frau, einen Witwer, was für ein altmodisches Wort, dann gäbe es keine störende Exfrau, nur eine, die unerreichbar wäre und die ihrerseits auch sie nicht erreichen könnte. Wenn die Kinder noch klein wären, würde sie vielleicht sogar ihre Arbeitszeiten reduzieren, drei Tage die Woche, oder halbtags, vormittags, sie klagte letztens über zu viel Zeit mit fremden Gedanken, er hat es nicht ernst genug genommen, er hatte gedacht, es wäre nur eine Ausdrucksvariante des immer selben Wunsches.

Sie würde den Kontakt zu ihm halten, einmal im Monat würden sie zusammen zwei, drei Gläser Wein trinken in einer der Bars, in die sie heute gerne gehen, weißt du noch, würde er sagen, und sie würde antworten, das ist aber lange her.

Diese Treffen wären vorbei in dem Moment, in dem er eine neue Freundin hätte, die kleineren Affären, die da vorher gewesen wären, übergangsweise, würde sie genauso wenig ernst nehmen wie er selbst, sie würde auch nichts davon erfahren, es sei denn, Alexandra oder Mo könnten den Mund nicht halten.

Es würde dauern, bis er die neue Freundin gefunden hätte, nicht nur, weil er keine Zeit zum Suchen hätte – er wüsste nicht einmal, wo er anfangen sollte, den Weg über ein Forum kann er sich jedenfalls nicht vorstellen –, sondern vor allem, weil das, was er mit Jette hat, nicht so einfach aufzuholen ist.

Zu viele Stunden, die sie zusammen verbracht haben,

an der Uni, bei ihren Reisen, in den Bars, im Bett und zunehmend in der letzten Zeit auf dem Sofa.

Sie sind sich genug, er und sie, sie ist der Fluchtpunkt in seinem Leben, wenn der wegfiele, dann würde er taumeln, und auch wenn er das Tempo anziehen würde, um sich und der Welt routinierte Geschäftigkeit vorzutäuschen, das Ziel würde fehlen. Destination. So wie sie läuft, als hätte sie ein Ziel, läuft er auch, nur dass ihm sein Ziel jetzt bewusst ist, sie ist es, sie zieht ihn hinter sich her wie eine Holzente auf Rädern, biegt sie nach rechts, tut er so, als wollte er nach links, nur damit er auch nach rechts biegen kann, geht sie geradeaus, redet er sich ein, anderenfalls würde er nach rechts abbiegen, und geht geradeaus, ihr nach.

Sie sind kein Paar, denkt er, selten sind sie es weniger gewesen als jetzt, sie sind zwei Kugeln, nicht eine, sondern zwei Kugeln, die in sich zerfallen, wenn sie aufeinanderprallen, weil die andere Kugel sie mit der Schwerkraft konfrontiert, mit der eigenen Unvollkommenheit, mit der Unvollkommenheit, die außerhalb liegt, in allem, was über das Eigene hinausgeht, und das andere ist, sie sind kein Paar, sie sind zwei Einzelwesen, sie ist eine Frau, und er ist ein Mann und läuft ihr hinterher.

Wahrscheinlich weiß sie es sogar, zuzutrauen wäre es ihr, und es würde ihn nicht wundern, wenn sie ihn lassen würde, laufen lassen, in dem Glauben, sie merke es nicht.

Er sieht zu, wie sie ihre Schritte leicht beschleunigt, wenn es bergab geht, sich die Anstrengung nicht anmerken lässt, wenn der Weg nach oben führt. Er sieht, wie sie ist, wenn er nicht dabei ist, und er versucht, sich selbst an ihrer Seite vorzustellen, wie er neben ihr geht, ihr die Tasche abnimmt, die an den Ecken schon so abgestoßen ist, dass das Gewebe unter dem Plastik zum Vorschein kommt, sie über seine Schulter wirft und seinen Arm um ihre Schulter legt. Wie er sie ansieht, von der Seite, während sie weiter nach vorne blickt, mit den Augen ihrem Ziel folgend, so wie er seinem. Und dann bleibt er stehen mit diesem Bild und lässt sie laufen, langsam aus seinem Bild herauslaufen, bis er sie nicht mehr sehen kann.

Das Café ist eins, in dem sie zusammen gesessen haben, es kommt ihm vor, als hätten sie in jedem einzelnen Café in der Stadt schon gesessen und Kaffee getrunken, überall sind sie schon gewesen, nur nicht im Penismuseum, und das auch nur, weil sie es nicht gefunden haben.

Das Licht, selbst hier drinnen viel weicher als normal, und der Versuch, sein Leben scharf zu stellen, münden in einem Griff in die Tasche, er schaltet das Telefon ein und empfängt die Werbe-SMS seines Anbieters und zwei Nachrichten auf seiner Mailbox.

Pers Stimme so weit weg, als hätten sie sich seit Jahren nicht gesehen und nicht erst letzten Donnerstag, er möchte das Auto leihen, noch einmal Per, er braucht das Auto so bald wie möglich.

Während die Verbindung aufgebaut wird, stellt Marvin sich vor, wie die Signale sich durch dicke Kabel auf dem Meeresboden in Sekundenschnelle ihren Weg bahnen, aber es sind ja längst Satelliten, und er muss in die andere Richtung denken, in die Luft, nicht ins Wasser und kabellos.

Er will schon wieder auflegen, da geht Per doch noch ran.

Hey, sagt Marvin, kein Problem. Du musst dir nur den Schlüssel aus der Wohnung holen, Mo kann dich reinlassen.

Danke, sagt Per, das hilft mir echt weiter.

Willst du mit Alex rausfahren?

So ungefähr, antwortet Per. Ich meine, nein. Es ist eher geschäftlich.

Ein Job? Ist was passiert?

Ist noch nicht spruchreif. Sag mir lieber, wie ist es bei euch?

Ach, geht schon wieder alles, sagt Marvin.

Was war denn los?

Jette … ich weiß es nicht. Sie wollte mal raus. Pause machen.

Habt ihr Stress?

Nein, ist alles gut, sagt er. Die Sonne scheint. Ist zwar nicht warm, aber das Licht, du solltest das sehen. Irgendwie unwirklich.

Und sonst? Wie ist es sonst?

Groß. Echt. Ich muss jetzt Schluss machen. Pass auf dich auf.

Du auch. Kommt heil zurück. Und, Marvin?

Ja?

*Time is on your side.*

Klar, Mann. *Yes, it is.* Auf deiner auch. Bis dann.

Der Kaffee schmeckt ihm nicht, das merkt er erst, als der Becher leer ist. Der Keks auch nicht.

Er geht zurück auf die Straße, unschlüssig, ob er sich rechts oder links halten würde, entscheidet sich dann für die Richtung, aus der er gekommen ist, nicht weil ihm die andere mehr zugesagt hätte, sondern weil eine junge Frau in diese Richtung läuft, deren rote Jacke ihm als spontaner Wegweiser dient. Er folgt ihr auch um die nächste Rechtskurve und stellt sich vor, sie sei es, mit der er zusammen wäre, vor drei Jahren wäre er in ihre Heimat ausgewandert, die Sprache könnte er mittlerweile fließend, nein, das ist zu kompliziert, sie sind zusammen für einen Kurzurlaub hier, den sie ziemlich nötig haben, sich das vorzustellen ist ja nicht schwer, aber weiter kommt er nicht. An der nächsten Kreuzung biegt er rechts ab und lässt sie laufen, warum soll er nicht mal alle Frauen ausblenden und sich überlegen, wer er wäre, wenn er keine hätte und allein wäre.

Wann hat es angefangen, anders zu werden, als es vorher war, war es, als Jette nicht mehr stillsitzen konnte, mitten in der dritten Staffel, und statt matt und zufrieden neben ihm auf dem Sofa zu liegen anfing, das Monstrum zu restaurieren, einen Küchenschrank, den sie von ihrer Großmutter übernommen hatte und der eigentlich viel zu groß war für ihre Küche, aber an dem Jette aus jener Art unerklärlicher Gründe zu hängen schien, die sich nur innerhalb einer Familie erschlossen und die sie dazu antrieben, die etlichen Lackschichten abzuschleifen, sodass er die Lautstärke aufdrehen musste, um dem Geschehen auf dem Bildschirm folgen zu können, bis es, als Jette den hartnäckigen Schichten mit ätzender Beize beizukommen versuchte, wieder ganz ruhig wurde im Flur, wo Jette ihre provisorische Werkstatt aufgeschlagen hatte und wo das Monstrum heute noch steht, mitten im Weg und nur halb abgebeizt, weil Jette angefangen hatte, giftige Dämpfe zu meiden, zusammen mit Kaffee und Alkohol und allem, was Spaß macht. War es, als die Zeit auf einmal eine andere Bedeutung bekommen hatte und sie nur noch in Monaten dachten und nicht mehr in Tagen.

Er erinnert sich an eine Szene, es war nicht wirklich eine Szene, im Gegenteil, erst in seiner Erinnerung ist sie zu einer geworden, gerade weil die eigentliche Szene ausgeblieben war. Er kam morgens in die Küche und hätte Jette fast nicht wiedererkannt, weil sie so anders aussah. Fast durchsichtig. Als er sie fragte, was los sei, sagte sie nur, sie wolle nicht darüber reden, und das kannte er nicht von ihr.

Sie nahmen sich vor, es nicht mehr zu thematisieren, weil es doch immer das Gleiche war, aber selbst wenn sie nicht sprachen, redeten sie trotzdem darüber, auch ohne Worte, und wenn das Licht gedämmt war beim Essen, wenn sie Kerzen anzündete, auch wenn sie darüber lachten, wusste er, dass es dahinter ernst war, wenn sie vorschlug, die Dinge zu kochen, die er gerne aß, wenn sie den weißen Pullover anzog, den er so gerne an ihr mochte, und das Parfum trug, das sie damals verwendet hatte, als sie sich kennenlernten, und er wusste, dass wieder ein Monat um war, in dem sie nicht einfach immer noch und grundsätzlich nicht schwanger war, sondern jedes Mal wieder neu.

Warum erst jetzt die Untersuchung. Die Frage unausgesprochen, es ist zu spät, sie zu stellen, und geändert hätte es auch nichts. Auf dem Rückweg hat er versucht, sie zu trösten, aber du kannst doch, hat er gesagt, es müssen doch nicht alle, aber dein Beruf, aber du hast doch.

Das ist nett, erwiderte sie, aber das hättest du vielleicht sagen sollen, bevor wir angefangen haben, es zu versuchen.

Wir werden Reisen machen, sagte er dann, Vögel werden wir sein, uns gehört die ganze Welt,

wann?, fragte sie,
nächste Woche, sagte er,
tschilp, sagte sie.

Jetzt stapft er als deutscher Tourist allein durch die Gegend, er hat den Rucksack dabei, damit keine Missverständnisse aufkommen können, aber mehr aus Gewohnheit als aus irgendeinem anderen Grund, sie hat sich den Reiseführer in ihre Tasche gesteckt, um keine Sehenswürdigkeit zu verpassen, als hätten sie nicht schon alles gesehen. Im Rucksack sind nur der Stadtplan und seine Regenjacke für den Notfall, als wenn der nicht schon längst eingetreten wäre.

Da kommt ihm eine entgegen, die ihn ansieht, als würde sie denken, wer bist du, du bist nicht von hier, lohnt es sich, dir einen Blick zu schenken, würdest du es aushalten hier, auch im Winter?

Er sieht sie sich an, sie ist dünner als Jette und blonder sowieso, sie ist ganz einfach jünger, wahrscheinlich stünden sie in zwei oder drei Jahren vor demselben Problem.

Er versucht, sie dosiert anzulächeln und dabei so auszusehen wie: klar würde ich es aushalten, aber leider bin ich schon vergeben. Schade, aber so ist es.

In Wahrheit würde er schon im September die Krise kriegen, wenn das Licht nicht mehr hier ist und die Temperaturen mitgenommen hat. In Wahrheit ist er ein Warmduscher, ein geschwefelter.

Am Anleger sieht er, dass es für die Nachmittagstour noch nicht zu spät ist. Jetzt eine Entscheidung zu treffen und dafür dann eine ganze Weile lang keine mehr, das ist eine verlockende Option, außerdem wird er Jette an Bord bestimmt nicht begegnen. Er kauft ein Ticket, geht auf das vordere Deck, nimmt Platz auf Jettes Sitz von gestern und legt den Rucksack auf den Stuhl daneben, damit niemand auf die Idee kommt, sich zu ihm zu setzen.

Die Tourleiterin zwinkert ihm zu, und er lächelt kurz zurück und setzt seine Sonnenbrille auf, bevor sie ihn fragen kann, wo er seine Frau gelassen hat.

Sie geben wohl nicht auf, sagt sie.

Die Kinder, die ihn umringen, sprechen alle gleichzeitig und rücken die Stühle über das Deck. Bei dem Krach ist kaum vorstellbar, dass es einen Wal im Umkreis von hundert Meilen gibt, der nicht von dem Lärm verscheucht wird.

Er muss an Tulpe denken, den er vor ein paar Wochen am Flughafen getroffen hat. Bis zum Abitur waren sie unzertrennlich gewesen, danach waren es die gemeinsamen Wochenenden, dann das Ritual, sich am ersten Weihnachtsfeiertag auf Elternbesuch in einer der wenigen offenen Kneipen gemeinsam zu betrinken, ein Ritual, das nach ein paar Jahren einvernehmlich eingestellt wurde, weil es am Ende genauso frustrierend war wie der Heilige Abend selbst.

Er hat Tulpe erst gar nicht wahrgenommen, weil er abgelenkt war von dessen Begleitung, einem Geschoss, wie Per sagen würde, und obwohl Marvin im Allgemeinen nicht zu solchen Bezeichnungen neigte, hätte er Per in diesem Fall einmal nicht widersprochen. Groß, schlank, blond und mit dem gewissen Maß an Arroganz, das nur sexy wirkt, wenn man es sich leisten kann, was hier der Fall war.

Marvin! Sagte es neben dem Geschoss, und das war wirklich Tulpe, mit etwas schütterem Haar, aber schlank, in Form und teuer gekleidet.

Tulpe, sagte er, und Tulpe lachte und streckte ihm seine Hand entgegen. Ein Ring blitzte.

Sie schüttelten sich die Hände, und ihn durchfuhr eine Vision davon, wie sie damals, als sie sich kannten, darauf reagiert hätten, wenn ihnen jemand gesagt hätte, dass sie sich in zwanzig Jahren die Hände schütteln würden. Sie hätten es nicht geglaubt.

So nennt mich heute niemand mehr, sagte Tulpe. Schade, eigentlich. Und du? Immer noch der Alte?

Marvin sah überflüssigerweise an sich herunter und ärgerte sich über sich selbst. Fehlte nur noch, dass er seine Taschen aus den Jeans zog, um zu demonstrieren, dass er kein Geld hatte.

Sieht so aus, sagte er.

Das ist M, sagte Tulpe, meine Frau.

Das Geschoss gab ihm die Hand und drückte etwas fester, als nötig gewesen wäre, als wollte sie kurz demonstrieren, dass sie nicht nur schön war, sondern auch stark.

Freut mich, sagte er.

Das Geschoss lächelte.

Und selbst?, fragte Tulpe, verheiratet, Kinder?

Feste Freundin, sagte er, und ja, mal sehen.

Wir wissen schon, sagte Tulpe. Er legte dem Geschoss seine Hand auf den Bauch, und das Geschoss legte ihre Hand auf Tulpes Hand, und obwohl Marvin wusste, gerade weil er wusste, dass diese Demonstration nichts mit ihm zu tun hatte, sah er auf seine Armbanduhr.

Als sie es das erste Mal angesprochen hatte, war er überrascht gewesen. Jetzt schon, sagte er, ich dachte, wir hätten noch Zeit. Jette hatte geschwiegen, ihn ausführen lassen, dass er eigentlich sicherstellen wollte, dass er für sie alle sorgen könnte, dann hatte sie ihn angesehen mit ihrem speziellen Ich-Jane-du-Tarzan-Blick, so als wäre er ein Kind oder vielleicht ein Hund, jedenfalls jemand, dem man etwas erklären musste, was für alle anderen eine

Selbstverständlichkeit war und für ihn aber neu. Zeit, sagte sie, du vielleicht. Ich nicht. Jedenfalls nicht in alle Ewigkeit, auch wenn ich mir das wünschen würde.

Ich will ja auch, gab er zurück. Ich bin nur überrascht.

Sie wird deine Nase haben, sagte Jette. Deine Locken, deine starken Arme und deine guten Augen.

Wieso sie?, fragte Marvin. Aber er wusste, dass, egal ob sie oder er, es von ihm Dinge haben würde, von denen er jetzt noch nicht einmal wusste, dass er sie besaß, und nicht sicher war, ob er sie wirklich teilen wollte.

Sie würden abends nicht mehr weggehen können. Jedenfalls nicht ohne größeren Aufwand. Sie würden es wahrscheinlich nicht einmal mehr wollen, weil sie ständig zu erschöpft wären und schon lange vor Mitternacht schlafen wollten. Die Reisen könnten sie vergessen. Statt Städtetouren und Wanderungen im Gebirge würden sie familienfreundliche Ferienhäuser mieten, in Dänemark. Da würden sie hinfahren, den Kofferraum voller *convenience food* und Konserven aus dem Bioladen. Wahrscheinlich würde, damit Jette und er auch ein bisschen Zeit füreinander hätten, auch noch Barbara mitkommen. Jette und Barbara wären sich einig, dass es ganz praktisch wäre, er würde einknicken, die Sache würde sich verselbständigen, es hat doch beim letzten Mal so gut geklappt, würde Jette sagen, und Barbara fand es auch so schön, und er hätte für alle Zeiten in ihren Ferien die Schwiegermutter an der Backe.

Inzwischen sind die Würfel gefallen, schon damals waren sie gefallen, aber inzwischen haben sie gesehen, wie die Sache liegt, es wird nichts geben, das halb sie ist und halb er, keine neue ganze Kugel zusätzlich zu ihren beiden und die aus ihren Hälften besteht. Wenn nicht seine Gefühle für Jette gewesen wären, hätte er so etwas wie Erleichterung empfinden dürfen. Nichts wird sich verändern. Er will gar nicht, dass sich etwas verändert, es ist gut so, wie es ist, sie haben die größtmögliche Freiheit dieser Welt, und sie haben einander.

Er will keine andere, er will nichts anderes, als mit ihr zusammen sein, nichts und niemanden sonst.

Elf Uhr, ruft die Walführerin aufgeregt, und die Kinder poltern an ihm vorbei. Marvin steht auf, stellt sich in die zweite Reihe, blickt über Mützen und Köpfe hinweg auf das Wasser, und dann sieht er ihn, vorne neben dem Schiff. Er schiebt eine Bugwelle vor sich her, gleichmäßig, und wirkt so, als müsste er keine Kraft aufwenden, um durch das Wasser zu gleiten. Er ist schnell, er ist dunkel, er hat ein riesiges Auge, und er sieht zu ihnen herüber. Marvin nimmt seine Sonnenbrille ab. Der Wal ist viel größer, als er ihn sich vorgestellt hat, er ist größer als alles, was ihm bisher begegnet ist. Du bist größer als ich, denkt er. Der Wal blickt mit seinem Auge unverwandt zu ihnen herüber und scheint zu lächeln, bevor er ins dunkle Wasser abtaucht und wie zum Abschied mit seiner Schwanzflosse winkt.

## 1993

Der Mercedes gehört Kolja und ist eigentlich heilig. Es hat eine Weile gedauert, bis Kolja ihn ans Steuer gelassen hat, eine Weile beziehungsweise fast 500 Kilometer, und das auch nur, weil Per gesagt hat, er kenne schließlich den Weg. Es hat auch gedauert, bis Kolja nicht mehr ständig auf den Tacho gesehen hat und über die Schulter bei jedem Spurwechsel. Per hat das nicht kommentiert, ist einfach weitergefahren, geradeaus, der Sonne entgegen und dem, was andere Menschen Heimat nennen würden.

Seit einer gefühlten Stunde hat keiner mehr etwas gesagt, selbst die Mädchen auf der Rückbank sind still. Der Abschiedscontest gestern hat wieder einmal die halbe Nacht gedauert. Spätzle. Mine hat gewonnen, sie hatte eine Variante mit Petersilie statt Zwiebeln, alle waren sich einig, und selbst als sie hinterher zugab, sich das Rezept am selben Abend ausgedacht zu haben, statt lange überlieferte Traditionen fortzusetzen, wurde ihr der erste Preis nicht aberkannt, weil alle viel zu zufrieden waren, um sie zu disqualifizieren. Per war dran gewesen mit dem Abwasch, und Mine hatte ihm geholfen, und obwohl er so langsam abgewaschen hatte, dass sie fast die ganze Zeit tatenlos mit dem Geschirrhandtuch danebenstand, war sie bis zum letzten Topf bei ihm geblieben und hatte sich mit ihm unterhalten, bis es nur noch ein paar Stunden waren bis zu dem Moment, an dem es wieder hell werden würde für den Tag der Abfahrt. Mine gewinnt meistens bei den Contests, nicht weil sie die besten Rezepte hat, sondern weil sie einfach am besten kocht. Und vielleicht auch, weil sie sich am meisten freuen kann, wenn sie gewinnt. Per verstellt den Rückspiegel etwas zu Mines Gunsten. Sie sieht aus dem Fenster und nicht zu ihm, trotzdem stellt er sich vor, er wäre mit ihr zusammen und Kolja von ihm aus mit Vanessa, und alles könnte so sein, wie es am besten wäre.

Draußen flitzen die anderen Wagen links an ihnen vorbei, aber das macht nichts, in so einer Kiste ist es sogar cool, überholt zu werden. Außerdem haben sie es nicht eilig. Kolja räuspert sich, und Koljas Räuspern kündigt immer an, dass er etwas zu sagen hat, nicht irgendetwas, sondern etwas unglaublich Wichtiges. Per überlegt, ob er schnell einen klugen Einwurf in die Pause hineinwerfen könnte, wie seine berühmten Kickertore direkt mit dem Anstoß, aber es ist zu spät, wieder einmal zu spät, um nicht zu sagen, er ist zu langsam.

Der Mittelstreifen, sagt Kolja und wartet noch einen weiteren Moment ab, bis alle ganz bei ihm sind und zuhören, bevor er weiterspricht. Im Film ist er ein klassischer Hinweis auf den Roadmovie. Raum misst Zeit, und Zeit misst Raum. Der Blick auf den Mittelstreifen verdeutlicht die Bewegung, in der wir uns befinden, gleichzeitig scheint paradoxerweise die Zeit stillzustehen, weil nichts passiert.

Ist das von dir?, will Vanessa wissen.

Das kann man so sagen, sagt Kolja. Und zu Per sagt er, Raum, Zeit und umgekehrt.

Apropos Mittelstreifen, sagt Mine und klopft gegen die Scheibe. Wisst ihr, was das heißt, wenn der Streifen zwischen den Leitplanken nicht bewachsen ist, fragt sie, das ist eine Landebahn, für den Ernstfall.

Wer sagt das?, fragt Kolja.

Habe ich gelesen, sagt Mine.

Glaube nicht, dass hier im Ernstfall noch jemand landen will, sagt Kolja, und Per will etwas sagen, aber ihm fällt gerade nichts ein.

Mit der Strecke haben sie Glück gehabt, denn die Route musste per Los festgelegt werden, das gehörte zu Mines Originalidee und war unumstößlich. Sie müssen nur einen kleinen Umweg machen, und die längste Strecke der Tour haben sie gleich am ersten Tag, ein bisschen Zickzack von West nach Ost und wieder zurück. Obwohl sie heute früh natürlich viel später losgefahren sind, als eigentlich geplant gewesen war, und erst noch die letzten Spuren von gestern beseitigt werden mussten, bevor sie starten konnten, ist es jetzt nicht mehr weit.

Die Gegend wird langsam schon vertraut hügelig, trotzdem hat sich etwas verändert, seitdem Per weggezogen ist, dabei ist es noch nicht mal ein Jahr her, und zu Weihnachten war er natürlich zu Hause. Trotzdem fühlt er sich fremd. Er wundert sich, wie es kommt, dass das Gefühl der Fremdheit zunimmt, je näher er kommt.

Ihren Eltern haben sie erzählt, es sei eine Hausarbeit

für das Proseminar zur Einführung in die Kulturwissenschaft, eine Feldstudie zum Thema *Wer wir sind und woher wir kommen*, und alle Eltern waren von der Idee sofort angetan gewesen, obwohl das mit dem Seminar natürlich nicht stimmte. Pers Eltern hatten gesagt, sie fänden es schön zu sehen, mit wem er denn jetzt umgehe. Per hofft nur, dass sie sich mit diesen altmodischen Ausdrücken zurückhalten, solange sie da sind. Und nicht alle ständig mit Höflichkeiten nötigen. Und nicht über ihn in der dritten Person reden.

Ein Rastplatz wird angezeigt, kein richtiger, nur eine begrünte Haltebucht ohne Tanke. Trotzdem. Per setzt den Blinker.

Das Autobahnklo ist eine Zumutung, der Raum riecht, als wäre hier drinnen noch nie ein Tropfen Wasser geflossen, und wahrscheinlich stimmt das auch, denn gespült wird mit einer blauen Soße, bei deren Anblick Per unwillkürlich das Wort Ersatzflüssigkeit in den Sinn kommt. Am Händewaschbecken hängt ein Symbol, das das Wasser als nicht trinkbar auszeichnet, also auch das, was aus diesem Hahn fließt, kann im Prinzip alles sein. Manche Dinge will man einfach nicht wissen, denkt Per, und er fragt sich, ob die ganze Tour nicht, wenn er ehrlich ist, zu diesen Dingen gehört, und zwar sowohl was seine Person betrifft als auch die anderen. Will er wirklich bei Koljas Eltern am Esstisch sitzen, mit geradem Rücken, und gepflegte Konversation betreiben? Will er wirklich wissen, wie Vanessas Mutter aussieht, wenn sie morgens aufsteht? Und will er wissen, was Mine alles zurückgelassen hat an dem Ort, von dem sie fast nichts mitgebracht hat als ein grünes Tuch und eine Yuccapalme?

Die letzten Schneereste halten sich hartnäckig auf dem Rasen, mehr grau als weiß, Per versucht, mit der Schuhspitze die Kruste durchzutreten, während er seine Zigarette raucht.

Freust du dich?, fragt Vanessa.

Klar, sagt Per. Endlich mal wieder richtige Spätzle.

Wie würdest du deine Eltern beschreiben?, will Vanessa wissen.

Besserwisserisch erzieherisch, schlägt Kolja vor, wie alle Lehrer.

Nee, sagt Per, nicht wirklich. Eher normal. Nur ein bisschen … zurück.

Ich habe ein Bild von deinen Eltern, sagt Mine. Ich stelle mir vor, dass deine Mutter sich eine Schürze umbindet, wenn sie kocht. Dein Vater wäscht ab, und er trägt auch eine Schürze.

Das stimmt, sagt Per. Weiter.

Sie zitieren. Nicht nur Sprache, auch Rollen, Modelle und so.

Kann schon sein.

Dein Vater ist fast immer ironisch, wenn es um Emotionen geht.

Woher weißt du das?

Mine sieht ihn an mit ihrem typischen Blick, und es ist klar, was sie jetzt sagen wird.

Du bist auch so, sagt Mine, und Per fühlt sich, als wäre er nackt, aber so richtig.

Die Wohnung war fast komplett leer gewesen, als ihn der Typ von der Vermittlung hingebracht hatte. Ich nehme das Zimmer, sagte Per, schon als er den riesigen Flur sah, in dem sich nichts befand außer einem Telefon, das nur aus einem Hörer zu bestehen schien, der an einem zwanzig Meter langen Kabel hing.

Der Typ zeigte ihm Bad und Küche und drei leere Räume, von denen sich Per den größten aussuchte, das vordere der beiden Zimmer, die durch eine große Flügeltür miteinander verbunden waren. Es gab noch ein weiteres Zimmer, die letzte Tür war geschlossen, der Typ klopfte und öffnete, nachdem von drinnen das kurze Ja ertönt war. Auf zwei Europaletten lag eine Matratze, daneben standen ein alter Koffer, eine Teekiste und eine Yuccapalme. Auf dem Boden lag ein großes grünes Tuch, und in dessen Mitte saß Mine.

Wilhelm oder Her?, hat Per Mine an diesem Abend gefragt, nachdem der Typ weg war und sie zusammen eine Dose Bier tranken.

Einfach Mine, hat sie geantwortet, und dabei hat sie ihn so angesehen, dass klar war, dass sie nicht weiter über ihren Namen diskutieren wollte.

Vanessa kam am nächsten Tag, bezog das kleinste Zimmer, das zugleich das hellste war. Abends saßen sie zu dritt in der Küche und redeten über Dinge, die sie gerne hätten, über Dinge, die sie schon immer machen wollten und bisher nicht gemacht hatten. Und über den Unterschied zwischen den Dingen, für die man etwas konnte, und den Dingen, die man einfach so hinnehmen musste.

Mine sagte, sie würde gerne zum Äquator reisen und darauf entlanglaufen.

Warum?, fragte Vanessa.

Ich möchte wissen, wie es sich anfühlt, wenn man keinen Schatten wirft, erklärte Mine.

Vanessa sagte, sie hätte gerne mal Sex mit jemandem, mit dem sie noch kein Wort gesprochen hätte.

Aus ähnlichen Beweggründen, fügte sie hinzu.

Per sagte, er würde gerne Weihnachten nicht zu seinen Eltern fahren.

Warum?, fragten Mine und Vanessa gleichzeitig.

Aus ähnlichen Beweggründen.

Ich glaube, du meinst das Gegenteil, sagte Mine. Du willst, dass sie sehen, dass du nicht da bist, nicht, dass sie nicht sehen, dass du da bist.

Kann sein, antwortete Per.

Sie beschlossen, die Dinge ab sofort nicht mehr vor sich herzuschieben, sondern sie gleich zu machen. Vanessa schlug vor, als Erstes die Küche blau zu streichen. Warum blau?, fragte Per, und Mine sagte, zum Beispiel wegen Griechenland.

Wegen der blauen Fenster überall an den weißen Häusern?, fragte Per.

Richtig, sagte Mine, und warum sind die blau?

Damit sie zum Himmel und zum Meer passen.

Bingo, sagte Mine.

Am nächsten Morgen kauften sie einen Eimer Farbe, bastelten sich Hüte aus Zeitungen und strichen alles an, was in der Küche zu finden war, inklusive einander, und als fast alles im Raum schon blau war, kam Kolja.

Er stand im Türrahmen, in Lederjacke, seine Tasche lässig über die Schulter gehängt, die Füße gekreuzt.

Die Farbe der Transparenz der komprimierten Leere, sagte er, cool. Ich bin Kolja.

Später an dem Abend hat das mit den Contests angefangen, wenn es auch damals noch nicht so hieß. Angefangen hatte es als Gespräch darüber, ob Doppelkopf besser mit oder ohne Neunen zu spielen war, tangierte die Streitfrage, ob ein Schnitzel ohne Sardine akzeptabel war, Koljas Standpunkt, oder gar nicht ging, wie Per fand, und mündete in einer Diskussion darüber, wie man am besten das herstellte, was sie, bis zur Beantwortung der Frage, in Übereinkunft nur noch Hackbällchen nannten. Sie saßen bis in den nächsten Morgen in der blauen Küche, planten einen angemessenen Rahmen, in dem sich die Frage nach dem besten Hackbällchenrezept beantworten ließe, und versuchten, da sie gerade dabei waren, gleich noch ein paar Regeln aufzustellen, die das Zusammenleben von vier unterschiedlichen Temperamenten, wie Kolja sie nannte, einfacher machen würden.

Mine wie die zum Angraben, sagte Kolja, als Vanessa ihre Namen auf eine kleine Pappscheibe schrieb, die, mittels einer roten Wäscheklammer, den jeweiligen Geschirrspülbeauftragten anzeigen sollte.

Mine wie die, die leicht mal explodiert, wenn man nicht aufpasst, sagte Mine, aber dabei hatte sie ein Lächeln um die Mundwinkel, das vorher noch nicht da gewesen war.

Am Abend der Hackbällchenparty trug Mine ein Tuch im Haar. Bei jeder anderen hätte er das albern gefunden, aber Mine wäre selbst mit Adiletten noch sexy. Selbst in einem Batikhemd. Selbst in einem Schlafanzug, auf den Teddybären aufgedruckt sind und dazu irgendwelche dämlichen Sprüche wie *Hug me.* Normalerweise sollte eine solche Deko wohl diejenigen verschönern, die sie trugen, irgendwie aufwerten. Bei Mine war es anders. Bei ihr sah man die Deko gar nicht. Nichts lenkte von Mine ab.

Koljas Zimmer hatten sie zum Tanzen leer geräumt, wobei nicht viel zu räumen gewesen war, denn Kolja hatte in seinem Zimmer fast nichts außer einer riesigen Matratze. Die hintere Wand wurde von seiner Musikanlage eingenommen, mit der sie die ganze Wohnung beschallen konnten. Die Türen zwischen ihren Zimmern standen natürlich offen.

Koljas Matratze hatten sie zusammen mit Pers Matratze an die Wand gelehnt, und als Kolja dann den blöden Spruch abgelassen hatte, dass er sowieso nicht vorhatte, in seinem eigenen Bett zu schlafen, und dabei vielsagend in Richtung Mine geblickt hatte, die ihn allerdings nicht wahrnahm, weil sie im Flur mit Vanessa darüber diskutierte, wo sie das Bier kalt stellen sollten, dachte Per, dass es höchste Zeit wäre, mal wieder kickern zu gehen. Der

Kicker war der Ort, an dem er Kolja in seine Schranken weisen konnte. Am Kicker konnte niemand Per etwas vormachen. Per war *King of the Table*, wenn er in Form war, dann spielte er einen ganzen Abend lang, zeitweise sogar gegen Paare. Kickern, das konnte er. Das Problem war nur, dass er die Mädchen nie dazu brachte, lange zuzusehen. Die hatten meistens nach acht bis zehn Runden genug, und da wurde Per erst richtig warm.

Um kurz vor acht klingelte es das erste Mal, und bald darauf wurde die Wohnungstür gar nicht mehr zugemacht. Die Leute rannten ihnen die Hütte ein, als hätten sie vor der Mensa Flugblätter verteilt. Selbst ein Rosenverkäufer drängte sich durch den vollgepackten Flur, so selbstverständlich, als bewegte er sich im öffentlichen Raum und nicht da, wo man normalerweise ohne zu klingeln gar nicht hinkam. Im Lauf des Abends entwickelten sich, abgesehen vom dauerbesetzten Klo, wo man auch für das Bier anstehen musste, zwei Zentren, eins in der Küche und eins in Mines Zimmer. Dort stapelten sich die Gäste. Über der Lampe hing das grüne Tuch, und die Leute saßen auf dem Bett und auf dem Boden, aßen von Papptellern und tranken Bier aus Flaschen, die bei der Kühlung im kalten Wasser der Badewanne ihre Etiketten verloren hatten und, einmal ihrer Deckel entledigt, aussahen wie No-name-Produkte. In der Küche gab es Frikadellen, Buletten, Köfte und Fleischpflanzerl und dazu vier Sorten Kartoffelsalat, und Mine, die schon damals den Petersilientrick angewandt hatte, gewann den Contest in beiden

Disziplinen, wenn man nach der Geschwindigkeit urteilte, in der die Teller und Schüsseln leer wurden.

Nach und nach leerten sich auch die anderen Teller und die Badewanne, und plötzlich waren alle gegangen, bis auf eine Gruppe ziegenbärtiger Ethnologen, die erst in Wanderstiefeln und später barfuß versuchten, in Koljas Zimmer einen offenbar frisch gelernten Fruchtbarkeitstanz aufzuführen.

Als die dann endlich gegangen waren, waren auch Mine und Kolja plötzlich verschwunden, und das war der Grund, warum er bei Vanessa im Zimmer gelandet war, das und die Tatsache, dass seine Matratze hinter Koljas an der Wand lehnte und auf dem Boden kein Platz mehr war vor lauter vollen Aschenbechern und leeren Flaschen, und eigentlich wollte er Vanessa auch nur fragen, ob sie wüsste, wo Mine war.

Kolja ist auch nicht da, hatte Vanessa nur gesagt und mit ihrem Feuerzeug die beiden Flaschen Bier aufgemacht, die sie gebunkert hatte.

Die Bücher in Vanessas Zimmer waren nach Farben sortiert, und die meisten waren rot. Sie könne zu jedem Autor und Titel die Farbe des Buchrückens auswendig, behauptete sie, und außerdem lese das Auge mit.

Über ihrem Bett hing in einem quadratischen Rahmen ein Gemälde von diesem Maler, der die Gesichter immer so karikaturhaft verzerrt, oder vielmehr ein Ausschnitt eines Gemäldes. Eine Frau im roten Kleid, Vanessa hatte ihr das Gesicht weggeschnitten, sodass nur der Körper zu sehen war, die Brüste im oberen Drittel, Taille in der Mitte und die Andeutung des Schoßes ungefähr da, wo er den goldenen Schnitt vermutet hätte. Nachdem er das gesehen hatte, durchzog ihn kurz die Ahnung, dass Vanessa vielleicht doch ganz anders war, als er gedacht hatte. Es war dieses Bild, das ihm das Gefühl eines Déjà-vu gab, nicht bloß im Sinne von schon mal gesehen, sondern im Sinne von schon erlebt, schon gewusst, schon gehabt.

Unter diesem Bild passierte dann auch die bewusste Nacht, die für sie, im Gegensatz zu ihm, etwas verändert zu haben schien, obwohl er versuchte, die Sache klarzustellen, als sie ihm hinterher etwas zu liebevoll über die Brust strich.

Wir haben doch schon miteinander gesprochen, sagte er mit einem Lächeln, von dem er hoffte, dass es ihr helfen würde, seinen Spruch richtig einzuordnen, und ihn gleichzeitig cool und einfühlsam zu finden.

Vielleicht will ich in diesem speziellen Fall ja gar nicht keinen Schatten werfen, sagte Vanessa, und seitdem sah sie ihn so an, wie er das Gemälde gesehen hatte, seinen Kopf und seine Beine schien sie einfach auszublenden, sie betrachtete ihn wie ein Objekt, das im Grunde ihr gehörte und nur noch nichts davon wusste.

Aber noch in derselben Nacht hatte er ihr klargemacht, dass diese Geschichte nicht weitergehen würde, und auch, dass die anderen nicht unbedingt etwas davon zu erfahren brauchten.

So gesehen hing es natürlich an ihm, dass aus der einfachen Rechnung zwei Männer plus zwei Frauen gleich zwei Paare nichts wurde, auch wenn Mine und Kolja am nächsten Morgen in der Küche so getan hatten, als hätte es nie ein gemeinsames nächtliches Verschwinden gegeben. Beziehungen waren ansteckend, das kannte er schon, wenn auch meistens vom Zusehen. Er war sich sicher, dass, wenn er mit Vanessa zusammenkäme, Mine früher oder später auf Koljas Dauerwerbung eingehen würde. Und wenn er ganz ehrlich zu sich war, dann war das der Hauptgrund für ihn, die Beziehung zu Vanessa nicht zu vertiefen, denn, abgesehen von Mine natürlich, sprach eigentlich nichts dagegen, diese Aktion bei Gelegenheit zu wiederholen, Schatten hin oder her, es war eine gute Sache gewesen.

Auf der Hutablage im Mercedes liegt der trockene Schädel einer Ziege, den Kolja von einer seiner Touren mitgebracht hat. Um denjenigen, der hinten zu dicht auffährt, an seine Sterblichkeit zu erinnern, erklärt Kolja, aber der Einzige, der erinnert wird, und zwar an Koljas ewige Sprüche, ist Per bei jedem Blick in den Rückspiegel. Am Spiegel hängt ein Rosenkranz. Den hat er angeblich gefunden, als er an einem Rastplatz einmal warten musste, bis das kochende Kühlwasser sich wieder abgekühlt hatte. Ein Zeichen von oben, laut Kolja.

Man muss ihn eben so nehmen, wie er ist, hat Mine gesagt, als Per ihr gegenüber einmal angedeutet hat, dass Kolja zwar gerne große Worte schwingt, aber sowohl beim Kickern als auch bei den Contests regelmäßig vom Platz fliegt, während Per seine Rolle als *King of the Table* so mühelos behaupten kann wie Mine ihre Herrschaft im Bereich der Kulinaristik, was natürlich wiederum ein Wort ist, das Kolja geprägt hat, als sie neulich über Schlüsselqualifikationen sprachen und darüber, was man lernen könnte, wenn man jetzt gerade mal nicht in die Vorlesung ging.

Wickert kann aber noch schneller, sagt Kolja und klopft zärtlich auf die Ablagefläche über dem Handschuhfach. Wickert heißt der Mercedes, weil er wickert, bei Kolja haben alle Dinge Namen, das macht ihn interessant. Per gönnt ihm keine Antwort, aber er lässt seinen Fuß auf dem rechten Pedal etwas schwerer werden, und Wickert zieht langsam an. Er antwortet, denkt Per, und für einen Augenblick gehört der Wagen ihm.

Kolja kommt aus einer Stadt, für die man sich nicht schämen muss, wenn sie einem zeitlebens als Geburtsort anhängt. Aus gutem Hause, wie das so schön heißt, als wäre das Haus das Wichtige und nicht diejenigen, die es bewohnen. Koljas Eltern spielen garantiert Tennis oder sogar Golf und gehen ständig zum Friseur und zur Maniküre. Wahrscheinlich lassen sie sogar jemanden ins Haus kommen, der das für die ganze Familie macht. Per kann sich das richtig gut vorstellen, im echten Kamin brennt ein falsches Feuer, und Kolja sitzt mit seinen Eltern und seinen beiden älteren Schwestern auf blass gestreiften Biedermeiersofas, jedenfalls stellt Per sich Biedermeiersofas blass gestreift vor, und wartet, bis er an der Reihe ist mit seinen Füßen. Wahrscheinlich ist er als Letzter dran. Wie bei *Mensch ärgere Dich nicht*, nur umgekehrt.

Die nächste Ausfahrt ist es, sagt Per. Wir können auch weiterfahren, nach Italien zum Beispiel.

Über die Alpen müssten wir dann aber schieben, sagt Kolja. Bergauf mag er nicht so gerne.

Hast du Schiss?, fragt Mine.

Quatsch, Schiss, sagt Per. Ich hab nichts zu verbergen.

Und er hat sich wirklich irgendwie darauf gefreut, seine Eltern seinen Freunden zu zeigen und seine Freunde seinen Eltern. Nur jetzt, wo es nur noch wenige Kilometer sind, die Eltern und Freunde voneinander trennen, fühlt sich das Ganze plötzlich gar nicht mehr so einfach und selbstverständlich an wie noch gestern aus dem sicheren Abstand heraus, sondern eher wie zwei Magneten, die mit den gleichen Polen aneinandergehalten werden.

Immerhin, denkt er, hat er es als Erster hinter sich.

Per parkt Wickert zwischen dem Volvo von Heckmanns und dem Passat von Schulz. Wenn die denken, es wäre sein Wagen, umso besser. Die Haustür steht schon offen.

Schön, dass ihr da seid, sagt Mutter, Vater steht dicht hinter ihr.

Dann stehen sie alle im Flur und schütteln Hände. Per überlegt, ob er ihnen ähnlich sieht. Die Schürzen haben sie zum Glück abgenommen, aber es riecht aus der Küche nach gebratenen Zwiebeln, sie haben tatsächlich Spätzle gemacht, von allen Mehlspeisen dieser Welt. Jetzt wird er den Contest ein zweites Mal verlieren, nicht nur gegen die drei anderen gestern, sondern gegen seinen eigenen Vater, und zwar mit demselben Rezept.

Mutter hat alles geplant.

Peter, ich habe mir gedacht, du könntest Mine und Vanessa dein Zimmer überlassen, du und Kolja, ihr schlaft im Durchgangszimmer.

Per ist nicht besonders wohl bei dem Gedanken, dass Mine sich ohne ihn in dem Zimmer aufhält, in dem er seine frühesten Sünden begangen hat, dazu noch mit Vanessa zusammen. Sie werden entdecken, was er mit dem Zirkel in seinen hölzernen Schreibtisch geritzt hat, sie werden in den Schrank sehen und die Sachen finden, die Mutter für den Fall aufhebt, dass er es sich anders überlegt und zurückkommt.

Aus seinem Zimmer ist er rausgewachsen, komisch, dass er das an Weihnachten gar nicht so bemerkt hat. Sonst hätte er zumindest das große Jugendlexikon ausmisten können, zusammen mit ein paar anderen Büchern, der Spielesammlung und den Pokalen, die längst nicht so glänzen, wie sie es früher getan haben.

Mine grinst.

*Spiel des Lebens*, sagt sie.

Per kratzt sich am Kopf.

Lass mal, sagt sie. Darum ging es doch bei der Aktion, oder? Und außerdem … ich hatte das auch.

Sie wirft ihre Tasche auf die Matratze, die Mutter auf dem Boden schon als zweites Bett gerichtet hat.

Habt ihr Hunger?, fragt Per, ich fürchte, es gibt wirklich Spätzle.

Peter, sagt Vanessa. Ich wusste nicht, dass du Peter heißt.

Brauchst du dir gar nicht zu merken, sagt Per. Gilt eigentlich nicht mehr.

Es ist wie immer, wenn er mit seinen Eltern isst, und es ist gleichzeitig auch wie immer in der WG. Das Einzige, was anders ist als sonst, ist Per selbst, Per fühlt sich so, als wäre er zum ersten Mal wirklich in diesem Raum mit dem ovalen Tisch und den Bücherregalen, vor denen er groß geworden ist. Er sieht die Raufasertapete, die nicht vergilbt ist, sondern schon gleich in Creme gestrichen wurde, er betrachtet die Bücher im Regal und die Dinge, die vor den Büchern stehen und Staub fangen, wenn sie nicht jeden Freitag sauber gemacht werden.

Die Eltern haben den Tisch mit dem guten Geschirr gedeckt, und Mutter stellt neue Fragen, bevor die alten beantwortet sind. Vater versucht, sie zu bremsen. Mine und Vanessa antworten höflich, und von Kolja kommt ab und zu ein Kommentar.

Vater übernimmt die Führung.

Und was haben Sie nach dem Studium vor?

Kolja bleibt cool.

Das ist ja das Gute an diesem Studiengang, sagt er. Eigentlich bleibt alles offen.

Mine wirft einen Blick in Pers Richtung, als sie die Spätzle lobt. Zugegeben, die sind besser als meine, sagt sie.

Sie sind die besten, sagt Per mit vollem Mund. Das sagt er nicht, um seinen Eltern eine Freude zu machen, sondern weil es die Wahrheit ist. Die Spätzle sind genau so, wie sie sein müssen, so, wie sie schon immer waren. Locker und heiß und mit dieser hintergründigen Note von würzigem Käse und Muskatnuss, die süchtig macht. Mutter tupft ihren Mund mit der Serviette ab, und Vater steht auf und fragt, wer noch ein kaltes Bier möchte.

Sie kochen also auch zusammen, sagt Mutter.

Mine lacht.

Eigentlich kochen wir mehr gegeneinander, antwortet sie. Wir kochen um die Wette. Aber so ist jedenfalls immer genug zu essen da.

Und gestern gab es Spätzle, ergänzt Kolja.

Oje, sagt Mutter, da können Sie wahrscheinlich heute keine mehr sehen.

Ich kann immer Spätzle sehen, antwortet Mine, und außerdem stimmt es. Sie haben den Contest gewonnen.

Danke. Und was heißt das?

Das heißt, dass Sie nicht abwaschen müssen, sagt Mine lachend. Vorausgesetzt, Sie mögen uns Ihr Geschirr anvertrauen.

Ich vertraue mein Geschirr am liebsten meiner Maschine an, sagt Mutter, aber Sie können mir nachher gerne helfen, sie vollzuladen.

Ich werde mich bemühen, sagt Mine.

Ich hole den Nachtisch, verkündet Mutter. Sie steht auf, auch Mine steht auf und hilft ihr, das Geschirr in die Küche zu tragen.

Per gefällt der Gedanke an Mutter und Mine zusammen in der Küche nicht besonders.

Vater geht in den Keller, um mehr Bier zu holen, und

Kolja sagt, er geht mal für kleine Blümchen. Vanessa und Per bleiben am Esstisch sitzen.

Alles in Ordnung, Peter?

Wenn du das noch ein Mal sagst, werde ich nie wieder mit dir reden, egal mit welchem Namen du mich ansprichst.

Wenn ich dich Peter nenne, reagierst du wenigstens, sagt Vanessa.

Falsch, sagt er.

Es gibt Eis mit heißen Himbeeren. Pers Zähne tun weh, und dann fragt Kolja seine Eltern, wie sie sich getroffen haben. Per schwört Rache, er wird das auch tun, am letzten Abend. Nein, an den nächsten drei Abenden. Obwohl Vanessas Mutter alleine lebt, soweit er weiß. Und Mines Eltern sind auch getrennt. Seine Eltern benehmen sich so, als wäre es völlig normal, den Freunden ihres Sohnes ihre Liebesgeschichte zu erzählen.

Sie wollte mich erst nicht, sagt Vater.

Ich war viel zu jung, sagt Mutter.

Du wusstest genau, was du wolltest, sagt Vater.

Du aber auch!

Sie hat mich zappeln lassen, erzählt Vater. Sie kam im Sommer, um ihre Cousinen zu besuchen, mit denen ich befreundet war. Ich habe mich sehr um sie bemüht, aber sie meinte, sie wäre zu jung, vielleicht im nächsten Jahr. Aber so leicht lasse ich mich nicht abwimmeln. Als ich nächstes Jahr wieder vor ihr stand, war sie sehr überrascht, mich zu sehen.

Das stimmt, sagt Mutter zwinkernd. Sehr überrascht.

Klingt romantisch, meint Vanessa.

Ja, sagt Mutter, das war der Plan.

Per steht vor der Haustür und raucht in die klare Nachtluft. Eine Hand legt sich von hinten auf seine Schulter, er lehnt sich leicht zurück. Aber es ist Vanessa.

Tut mir leid, sagt sie.

Schon gut.

Ich mag deine Eltern, sagt Vanessa. Besonders deine Mutter.

Echt jetzt.

Sie ist wie das Gegenteil von meiner, du wirst ja sehen.

Ich dachte, deine Mutter sei cool.

Vielleicht, sagt Vanessa. Aber irgendwie finde ich es besser, wenn Mütter nicht so cool sind.

Was meinst du damit?

Ich will mit meiner Mutter nicht tanzen gehen, sagt Vanessa. Sie soll gut kochen und mir ab und zu etwas verbieten, das ich dann trotzdem mache.

Erlaubt sie dir alles?

Ziemlich, sagt Vanessa. Und meistens will sie mitmachen.

Und … Per spricht den Satz nicht zu Ende.

Warum ich dann trotzdem will, dass wir hinfahren?

Ja.

Genau deswegen.

Weil sie mitmachen will?

Genau, sagt Vanessa, weil sie mitmachen will und

nicht mitmachen kann. Es ist nicht mein Fehler, dass sie etwas verpasst hat.

Du hast immerhin eine Strategie.

Per liegt im Dunkeln neben Kolja und sieht durch das schräge Dachfenster in den Nachthimmel. Abgesehen von dem Haus mit seinen Eltern und allem anderen und abgesehen von den fehlenden Flügeltüren zwischen ihnen ist eigentlich alles wie immer. Zwei Welten, die nicht zusammenpassen und die es trotzdem beide gibt, nur eben näher aneinander als sonst. Er dreht sich auf die andere Seite.

Schläfst du?, fragt Kolja.

Auf die Frage gibt es nur eine Antwort, sagt Per.

Kolja lacht.

Stimmt, sagt er. Okay, dann frage ich mal was Komplexeres. Ich möchte wissen, ob du zufrieden bist mit dem Verlauf der ersten Phase des Experiments, ob das Ergebnis deinen Erwartungen entspricht.

Wieso?, fragt Per zurück.

Ich meine nur, sagt Kolja. War doch ein guter Tag.

Findest du?

Bis auf eine Sache. Ich kann keine Spätzle mehr sehen. Hoffentlich gibt es bei Vanessa morgen was anderes.

Nette Freunde hast du, sagt Mutter. Mine ist sehr nett. Vanessa auch. Ausgesprochen nett. Und Kolja, sehr sympathisch.

Sie drückt Per einen Becher mit Kaffee in die Hand.

Hast recht, sagt Per, Glück gehabt, auch mit der Wohnung.

Wann müsst ihr denn nun raus?

Keine Ahnung. Im Moment sieht es nicht danach aus.

Und in der Uni, fragt Mutter, läuft alles gut?

Wie von selbst, sagt Per.

Mutter schiebt ihn zur Seite und öffnet die Kühlschranktür.

Jetzt essen wir erst mal. Soll ich Rühreier machen oder Spiegeleier? Oder gekochte?

Egal. Mach nicht so viel Wind, sagt Per.

Ich hab ja so selten die Gelegenheit, sagt sie. Wann wollt ihr denn weiter?

Nach dem Frühstück, dachten wir.

Und wann sehen wir dich wieder?

Ich bin doch noch gar nicht weg, sagt Per.

Pers Mutter steht in der Auffahrt und winkt, der Vater steht hinter ihr. Kolja drückt zum Abschied fast zärtlich auf die Hupe. Sie biegen um die Kurve, und Per streckt seine Beine aus.

Ich brauche eine Zigarette, sagt er.

Nach dreißig Sekunden, sagt Kolja, das fängt ja gut an.

Aber er hält in der nächsten freien Parkbucht neben einer Telefonzelle. Per kennt die Leute, die hier wohnen, mit der Tochter ist er in die Grundschule gegangen.

Boah, sagt Per.

Er zündet sich eine an und nimmt einen tiefen Zug. Zu

viert stehen sie neben Wickert, das Radio läuft, und er füllt seine Lunge mit Rauch und mit Freiheit.

Was immer ihn erwartet, bei Kolja, bei Vanessa, bei Mine, es ist nicht seins, und das ist gut.

Kolja knufft ihn in die Seite.

Alles senkrecht?, fragt er.

Per nickt.

Wir können ja tauschen, sagt Kolja.

Im Leben nicht, sagt Per.

Endlich, als sie über den Platz auf ihn zuläuft, kann er, je nachdem, ob er Jette fokussiert oder den Hintergrund, die Frau sehen, die er liebt und die auf ihn zukommt, oder einen Platz, über den eine schöne Frau in Richtung des Betrachters geht. Eine kleine Jette in einer großen Welt, oder eine große Welt mit einer kleinen Jette. Es fällt ihm nicht schwer, sich den Platz im Winter vorzustellen, schneebedeckt trotz der Fußbodenheizung, an die kann er sowieso nicht ganz glauben, wenn es hier schon im Sommer so kühl ist, wo den ganzen Tag die Sonne scheint, kann man sich einen Winter ohne Schnee schwer vorstellen, jedenfalls weißer Boden, weiße Hauben auf den Dächern, so weiß wie das Licht. Er stellt Jette scharf, erwartet sie mit einem Lächeln.

Ist hier noch frei?, fragt sie.

Das ist albern, sagt er. Er deutet auf den Stuhl neben sich. Bitte. Oder wollen wir gleich weiter? Zurück ins Hotel?

Wir wollen ans Wasser, sagt sie, wir wollen noch einen Blick aufs Meer werfen, und dann wollen wir mal sehen.

Mal sehen, wiederholt er.

Sie legt ihre Hand auf seine.

Sie zieht ihn, und er lässt sich ziehen, dann bleibt er stehen, klemmt einen Schein unter seine halb volle Kaffeetasse, geht schneller, um sie einzuholen, greift wieder nach ihrer Hand.

Sie bremst ihn, stellt sich hinter ihn, auf die Zehenspitzen, hält ihm die Augen zu.

Nicht schummeln, sagt sie.

Würd ich nie tun, sagt er blinzelnd. Sie lacht.

Dann bleibt sie stehen. Hier ist es, sagt sie. Nimmt ihre Hände von seinen Augen, und er sieht nichts vor lauter Licht, und dann sieht er nichts vor lauter Wasser.

Bitte. Die See, the sea, das Meer, la whatever.

Alles für mich?, fragt er.

Ja, sagt sie.

Er dreht sich zu ihr und will sie umarmen, aber sie entzieht sich, macht ein paar schnelle Schritte zur Seite und rennt los, er läuft hinterher, tut so, als könne er sie nicht einholen. Die Straße, die zu ihrem Hotel führt, langsam, sich nichts anmerken lassend, am jungen Mann an der Rezeption vorbei, die Treppenstufen nach oben, bis sie außer Atem an ihrer Zimmertür ankommen.

Komm rein, sagt sie, obwohl er derjenige ist, der die Tür aufgeschlossen hat und für sie aufhält.

Du bist Marvin, komm, ich zeig dir das Zimmer.

Schön, sagt er. Ich nehme es. Wenn es für dich okay ist, natürlich.

Okay, sagt sie. Es ist sehr okay für mich.

Zwischen den aufgeklappten Koffern und fast noch schüchterner als damals. Aufeinander zu, eckig, ungelenk, nur sie und er und nichts und niemand sonst, und nicht für eine Zeit, die jenseits liegt, unerreichbar für sie und für die nächsten Generationen, weil dieser unerreichbare Zeitpunkt sich verschiebt, mitläuft und für immer in der Zukunft liegen wird, sondern einzig im Jetzt ihrer Lust.

Er liegt neben Jette und sieht aus dem Fenster in die Dämmerung, von der er nicht sagen kann, ob sie schon die dunkelste Phase erreicht hat und es jetzt wieder heller wird, oder ob das erst noch kommt.

Marvin holt die beiden Bierdosen aus dem Rucksack.

Nicht mehr ganz kalt, sagt er.

Macht nichts, sagt sie. Perfekt, wie es ist.

Sie klonken die Dosen aneinander, genießen den ersten Schluck. Den zweiten, dritten.

Was hast du gemacht?, fragt Jette endlich. Ohne mich?

Ich habe das gemacht, was ich auch mit dir gemacht habe, sagt Marvin.

Was heißt das?, will sie wissen.

Ich bin durch die Straßen gelaufen. Ich bin immer wieder an der Kirche vorbeigelaufen. Ich war in einem Café. Ich habe Menschen wiedergetroffen, die wir schon mal gesehen haben. Ich habe eine Walsafari gemacht. Ich habe nach dem Penismuseum Ausschau gehalten.

Ja, sagt Jette. Ich auch. Hast du Wale gesehen?

Nein, antwortet Marvin.

Wahrscheinlich gibt es hier gar keine Wale.

Glaube ich auch nicht.

Und, hast du das Penismuseum gefunden?, fragt sie.

Nein.

Aber ich. Das heißt, ich habe danach gefragt.

Warst du drinnen?

Nein, sagt Jette. Das gibt es nicht mehr. Nicht mehr hier. Vor ein paar Jahren ist es umgezogen. In eine Stadt im Norden. Ich hab den Namen vergessen.

Dann müssen wir wohl noch mal wiederkommen, sagt Marvin.

Sieht so aus.

Oder wir bleiben hier.

Kannst du dir das vorstellen?

Vorstellen kann ich mir vieles.

Werden die Dinge so, wie du sie dir vorstellst?, fragt Jette.

Manchmal.

Jette sieht ihn nicht an. Sie sagt lange nichts, dann, immer noch, ohne ihn anzusehen, was stellst du dir denn vor?

Meinst du, sagt er, wir sollen versuchen …

Nein, sagt sie. Ich meine keine Adoption. Ich meine dich und mich. Unsere Zukunft.

Ich mag unser Leben, sagt er. Ich finde es gut so, wie es ist.

Dass wir beide zu viel arbeiten, sagt sie, das findest du gut? Und abends auf dem Sofa sitzen und Serien sehen? Das reicht dir?

Ich meinte auch das andere. Uns. Unsere Reisen zum Beispiel.

Wie hast du dir dein Leben denn vorgestellt?, fragt Jette.

Was meinst du damit?

Wie willst du leben?

Ich weiß nicht, sagt er. Ich musste mir noch nie etwas vorstellen, das ich nicht habe.

Jette schweigt. Sie sieht ihn lange an.

Noch nie?, fragt sie dann.

Seit ich mit dir zusammen bin, nicht.

Auch jetzt nicht?

Nein, sagt er.

Das ist eben der Unterschied, sagt sie. Ich weiß nicht, ob mir das reicht.

Vielleicht, sagt er, wenn wir wieder zu Hause sind, wenn wir uns Mühe geben, wenn wir aufpassen, was wir tun …

Was meinst du?, fragt sie.

Vielleicht wird es ja wieder so wie vorher, sagt er. Wie vor all dem.

Sie schüttelt den Kopf.

Wieder so wie vorher gibt es nicht, sagt sie. Nie.

Der junge Mann an der Rezeption beschreibt ihnen den Weg zum Busbahnhof und welchen Bus sie von da nehmen sollen.

Heute ist der beste Tag dafür, hatte Jette gesagt. Ab morgen wird es wieder dunkler.

Du möchtest da wirklich rauf?, hatte er gefragt, und, nachdem er keine Antwort erhalten hatte, muss ich mit?

Ja, hatte sie gesagt, und du willst es auch.

Ich weiß es nur noch nicht, hatte er in Gedanken ergänzt und sich gefragt, ob sie damit recht hatte.

Der Busbahnhof ist so deprimierend wie in jeder anderen Stadt, lieblos und überlagert vom ihm anhaftenden Wegwollen, für das er gebaut wurde. Sie lösen ihre Tickets und warten.

Lass uns die Postkarten schreiben, sagt Jette.

Eins ihrer Rituale, auf jeder Urlaubsreise gleich am ersten Tag einen Stapel Postkarten zu kaufen und die dann so lange ungeschrieben zu lassen, dass sie selbst eher zu Hause ankommen als die Post.

Was schreiben wir?, fragt er.

Ihr Telefon klingelt.

Sie sieht ihn schuldbewusst an.

Marvin lacht.

Meins ist auch an, sagt er.

Es ist Alexandra, sagt sie mit einem Blick auf das Display.

Sie telefonieren, Jette kratzt sich am Hals, gedankenverloren, nachdem sie aufgelegt hat, sieht sie ernst aus.

Per ist verschwunden. Sie wollte wissen, ob wir etwas gehört haben.

Das ist doch nicht so ungewöhnlich bei Per.

Jette steckt ihr Telefon wieder in die Tasche.

Ich lass es vorsichtshalber mal an, sagt sie und sieht Marvin von der Seite an.

Oh, das solltest du unbedingt, sagt er. Nicht, dass die Welt untergeht und wir verpassen es.

Marvin sieht ihn und weiß im selben Moment, dass er es sein muss. Eingepackt in mehrere Schichten dreckiger

Klamotten, der Kopf zugewachsen, das Gesicht vom Wetter geprägt wie bei jemandem, der immer draußen ist. Er bewegt sich langsam, wie in Zeitlupe, und er sieht aus wie ein Troll, so, als gäbe es ihn gar nicht in Wirklichkeit. Für einen Augenblick durchzuckt Marvin ein Zweifel an seiner Echtheit, der Mann könnte auch eine Attraktion für die Touristen sein, eine Sehenswürdigkeit, wie Jette sagen würde, kuckt mal, es gibt sie wirklich, Wesen aus einer anderen Welt. Wahrscheinlich hat er nur zu viel im Reiseführer gelesen, er ist nicht daran gewöhnt, seinen Blick so sehr lenken zu lassen. Der Mann hebt den Kopf, als habe er gespürt, dass Marvin ihn ansieht, und dann sehen sie sich quer über den Busbahnhof in die Augen. Marvin nickt, unmerklich, so unmerklich, dass er seine Bewegung selbst fast nicht spürt, und der andere, da ist er sich sicher, nickt zurück. Dann nimmt er seinen Gang wieder auf, und Marvin sieht ihm zu, wie er langsam von einer Haltebucht zur nächsten geht und die Fahrpläne kontrolliert, obwohl er sie bestimmt längst auswendig kennt. Jette folgt Marvins Blick, sie holt kurz Luft, als wolle sie etwas sagen, aber dann sieht sie ihn nur an und schweigt, weil es dazu nichts zu sagen gibt und weil in diesem Moment der Bus kommt.

Ein Holzschild weist auf einen schmalen Pfad, der von der Straße abzweigt und sich in Kurven den Berg hochzieht. Auf dem großen Parkplatz auf der anderen Straßenseite stehen nur einige Autos, er ist so gut wie leer. Sie gehen ein paar Schritte, sie voraus und er hinter ihr her.

Warte mal, sagt Marvin, ich habe einen Stein im Schuh.

Er stützt sich mit einer Hand an ihr ab, auf einem Bein stehend, während er mit der anderen Hand seinen Turnschuh aufbindet, als er ihn umdreht, fällt mit einem deutlichen Geräusch ein kleiner Kiesel auf den Weg.

Jette räuspert sich. Hast du Angst, dass eure Freundschaft sich verändert?

Per?

Eure Freundschaft.

Kein Ende in Sicht. Mit Per gab es keine Enden. Es war schon immer so gewesen, schon bevor Alexandra aufgetaucht war, und daran hatte sich nichts geändert, seit es sie gab. Wenn Marvin mit Per unterwegs war, sie ein paar Bier getrunken hatten und aus der Kneipe traten, dann sagte Per jedes Mal, wenn Marvin sich verabschieden wollte, so, und was machen wir jetzt?

Marvin lächelt bei dem Gedanken.

Nein, sagt er, wieso?

Der Weg wird steiler. Jette läuft vor ihm, ab und zu dreht sie sich zu ihm um, wie um sich zu vergewissern, dass er nicht schlappmacht. Als ihr Telefon klingelt, zögert sie erst, dann holt sie es aus der Tasche und sieht auf das Display.

Alexandra, sagt sie ins Telefon.

Die Sonne verschwindet hinter den Wolken. Aprilwetter im Juni.

Irgendwas stimmt nicht, sagt Jette und steckt das Telefon ein. Sie haben die U-Bahn gesperrt. Und sie kontrollieren überall.

Was ist mit Per?, fragt Marvin.

Er geht nicht ran, sagt sie, er hat ihr mittags eine SMS geschickt, dass es spät wird.

Marvin nimmt sein Telefon aus der Tasche.

Ich ruf ihn mal an, sagt er.

Lässt es klingeln, dann wird er weggedrückt.

Er will nicht, sagt Marvin.

Oder er kann nicht.

Marvin schüttelt den Kopf. Wenn er wegdrückt, heißt das, er will nicht.

Was machen wir jetzt?, fragt Jette.

Nichts, sagt Marvin. Wir können nichts tun. Nur umdrehen oder weitergehen.

Das ist beides nicht das Richtige, meint Jette.

Das stimmt, sagt Marvin. Aber weiter ist besser als zurück.

Es beginnt leicht zu regnen und Wind kommt auf. Der Weg wird rutschig, es ist grau, und durch den Regen sehen sie im Blick zurück die Stadt, die Häuser, die Kirche, auch das Hotel können sie ausmachen. Als sie oben stehen, im Nieselregen, ist die Aussicht trübe, aber trotzdem können sie ihn sehen, den Weg, den sie gekommen sind, der der gleiche ist, den sie zurück nehmen werden.

## 1986

Die anderen waren vor ihnen da. Sie haben die besten Zimmer belegt und im Essenssaal den langen Tisch am Fenster. Sie rauchen neben dem Betonkübel an der Eingangstür, während Anna mit ihren Freundinnen zum Rauchen jedes Mal ein paar Schritte in Richtung Wald geht, wie alle aus ihrer Klasse, nicht weit, gerade nur bis zur ersten Bank am staubigen Fußballplatz, den man von der Herberge aus nicht sehen kann. Wenn Anna zusammen mit Veruschka, Jamila und Sophie an den anderen vorbeigeht, schnipsen die ungerührt ihre Zigarettenkippen in den Kübel und unterbrechen ihr Gespräch nicht mal einen Moment lang, während Anna und ihre Freundinnen in respektvolles Schweigen verfallen, genau wie alle aus ihrer Klasse in Schweigen verfallen, wenn die anderen vorbeikommen, ohne dass sie sagen könnten, warum. All das, vor allem aber der unaufholbare Vorsprung von drei, vielleicht sogar vier Jahren legt eine Distanz zwischen sie und die anderen, als kämen sie aus zwei verschiedenen Welten und nicht aus zwei Vororten mit S-Bahnhöfen derselben Linie an den entgegengesetzten Enden der Stadt.

Die Bank ist keine richtige Bank, sondern ein Baumstamm, dessen Mitte zu einer Sitzfläche abgeflacht worden ist. Zu viert passen sie gerade nebeneinander. Sie blasen den Rauch in Richtung Fußballplatz, wo Lukas und Sven und die üblichen Jungen aus ihrer Klasse den Ball über den staubigen Boden kicken.

Der Weiße hat mir die Tür aufgehalten, sagt Veruschka, und Anna, die das natürlich beobachtet hat, widerspricht.

Hat er nicht, sagt sie, er hat sie so schwungvoll aufgemacht, dass sie einen Moment offen stand, und du bist schnell durchgerannt.

Er hat sie mir schwungvoll aufgehalten, sagt Veruschka.

Träum weiter, sagt Anna, niemals hat er das gemacht, der hat dich noch nicht mal gesehen, und dann, als Veruschka fragt, ob da vielleicht jemand eifersüchtig ist, sagt sie lieber nichts mehr.

Die anderen sind hier, wo es nicht viel zu tun gibt, zu ihrem Hauptthema geworden. Ihre Gespräche drehen sich, da sie die richtigen Namen nicht kennen, um Meister Proper mit den zu engen T-Shirts, um Bibo, den sie wegen seiner Frisur so nennen, und vor allem um den Weißen, der seine Zigaretten selber dreht und nie viel sagt und den Anna für sich den heimlichen Häuptling getauft hat, ein Ersatzspitzname, den sie höchstens Veruschka verraten würde, weil Veruschka verstünde, aber andererseits wüssten es, wenn Veruschka es erführe, auch Jamila und Sophie, und dann stünde es auf der Klotür, und am nächsten Tag wüssten es sogar Hutscher und Malzmann und alle von ihnen und alle von den anderen auch, und Anna könnte genauso gut nackt am Frühstückstisch erscheinen, das Gefühl wäre dasselbe. Deshalb verrät sie lieber nicht, dass sie eigentlich vom heimlichen Häuptling redet, wenn sie vom Weißen spricht, und überhaupt, damit es nicht auffällt, gibt sie sich Mühe, genauso oft von Wrangler zu reden, wenn sie über die anderen sprechen, und vom Bärtigen, von Johnboy mit seinem Schönheitsfleck und von der Clique der starken Mädchen, die zwar namenlos bleiben, aber so sind, wie sie selbst einmal werden wollen.

Und wenn welche von ihnen dazukommen, um zu rauchen, Jesko und Matthias oder Malte, Sarah und Svetlana, dann reden sie über andere Dinge, zum Beispiel über die Dinge, die man hier tun kann, was nicht viel ist, außer über die Autobahnbrücke gehen und den Verkehr von oben sehen, durch den Wald gehen und die Bäume von unten sehen, ins Dorf gehen und im kleinen Laden, der fast nie geöffnet hat, Bier und Schokolade kaufen, auf der Bank sitzen und rauchen oder auf dem staubigen Platz Fußball spielen, aber das kann man, wenn Lukas den Ball dabeihat, eigentlich überall.

Routine haben sie schon am zweiten Tag. Morgens roter Tee aus heißen Blechkannen oder Cola aus dem Automaten und die anderen am Fenstertisch, ein Gang ins Dorf, über die Autobahnbrücke, die eigentlich keine Autobahnbrücke ist, sondern eine Brücke über die Autobahn, wie Matthias spitzfindig bemerkt, mittags bleich gekochtes Gemüse in sämiger Sauce aus großen Töpfen und die anderen am Fenstertisch, ein Gang durch den Wald und eine ausgiebige Rast auf der Bank am staubigen Fußballplatz bis zum Abendbrot, das sich vom Frühstück nur darin unterscheidet, dass es keine Marmelade gibt. Die anderen am Fenstertisch stehen wie immer schon auf, während sie noch essen, verschwinden erst in ihren Zimmern und dann in Richtung Dorf, wo es irgendetwas geben muss, das sie bisher noch nicht gefunden haben.

Am Abend sitzen sie noch eine Weile auf der Bank oder, wenn die besetzt ist, auf einer der Tischtennisplatten, bereiten die Ereignisse des vergangenen Tages nach und die des kommenden Tages vor. Sie trinken Bier, essen Schokolade, rauchen und reden über die anderen und darüber, ob Malte jetzt mit Sarah oder Svetlana zusammenkommen wird oder ob sie weiter zu dritt bleiben werden, sie reden darüber, ob im nächsten Jahr wirklich alles anders sein wird, wie Hutscher ihnen prophezeit hat, und was der eigentliche Anlass für diese Reise ist, die gewissermaßen eine Abschiedsreise ist, weil sie nach den Ferien keine Klasse mehr sein werden, auch wenn sie noch zusammen in den Kursen sitzen, und sie reden darüber, ob Hutscher oder ob Malzmann das größere Übel ist und ob es nicht doch an ihren Fächern liegt und Hutscher und Malzmann im Grunde nichts dafür können, wie sie sind, weil ihre Nettigkeit von vorneherein limitiert ist durch den Lehrplan, und sie reden darüber, ob man nicht doch einfach irgendetwas anderes tun sollte als das, was man gerade tut.

Später, viel später, und erst, als die anderen von ihrem Ausflug ins Dorf zurückgekehrt und in ihren Zimmern verschwunden sind und auf den Gängen längst alles ruhig ist, liegen sie in den Stockbetten.

Lass das, sagt Anna, die eins von den oberen Betten ergattert hat, wenn Jamila sie mitsamt Matratze in die Höhe hebt, indem sie die Füße von unten gegen den Lattenrost stemmt, und natürlich macht Jamila es dann erst recht.

Lass das, sagt Anna noch einmal, ich muss gerade etwas zu Ende denken, und weil die anderen das schon kennen, wenn Anna denkt, hört Jamila auf, und Anna sagt, wenn man, angenommen, jeden Tag fünf Menschen begegnet, zusätzlich zu all denjenigen, die man schon kennt, also fünf neuen Menschen begegnet, denen man zum Beispiel in die Augen sieht und vielleicht die Hand gibt, mit denen man ein paar Worte wechselt oder denen man Geld gibt gegen Ware, wenn man jeden Tag fünf Menschen trifft, dann wären das fünfunddreißig Menschen in einer Woche, das ist eine ganze Menge, so viele wie in einer Schulklasse, und dass, angenommen, bei den fünfunddreißig in jeder Woche auch nur einer dabei wäre, der spannend ist, also so spannend, dass man ihn wiedersehen möchte, behalten und in seinen Bekanntenkreis aufnehmen, dann wären das zweiundfünfzig Menschen in einem Jahr, bei einer Lebenserwartung von vielleicht neunzig Jahren, abzüglich der schon gelebten, in denen sie es einschließlich aller Mitschüler und der gesamten Familie auf einen Bekanntenkreis von geschätzten fünfhundert Menschen bringt, würde sie in ihrem Leben noch fast viertausend spannende Menschen treffen, das wären viel mehr, viel, viel mehr, als sie richtig kennenlernen könnte, das wären mehr, als Schüler auf ihrer Schule sind, ob es also nicht ausreichen würde, wenn sie von den zweiundfünfzig spannenden Menschen, die sie in jedem Jahr treffen würde, nur noch jeden Zweiten in ihren Bekanntenkreis integrieren würde, dann wären es am Ende immer noch mehr als genug.

Bist du fertig mit denken, fragt Veruschka und fügt hinzu, dass sie dann nämlich vorschlagen würde, dass Anna Meister Proper in ihren Bekanntenkreis aufnimmt und sie selbst den Weißen. Jamila und Sophie sind schon eingeschlafen.

Anna sagt nichts mehr, wahrscheinlich ist sowieso alles ganz anders. Wahrscheinlich kann man froh sein, wenn alle paar Jahre unter all den Menschen, denen man begegnet, auch nur einer ist, der einen wirklich interessiert, und man sollte besser aufpassen, dass man diesen einen Menschen nicht verpasst.

Dass die anderen sich doch mehr für sie interessieren, als sie gedacht haben, wird ihnen klar, als sie die Schnitzeljagd machen, auf der Hutscher und Malzmann bestehen. Eigentlich sind es Hutscher und Malzmann, die die Schnitzeljagd machen wollen, sagt Jesko, sie brauchen ihre Schüler als Alibi, damit es für sie selbst nicht so peinlich ist, und Jesko hat wahrscheinlich recht, denn das hat er meistens. Anna ist mit Veruschka, Jamila und Sophie in der Gruppe der Suchenden, die von Hutscher betreut wird, was heißt, dass sie sich nicht absetzen können. Als sie zum dritten Mal an derselben Stelle herauskommen, geht ihnen auf, dass jemand sie im Kreis herumschickt, und jemand anders als die anderen kommt dafür nicht infrage, spätestens als die erste Gruppe zurückkommt und fragt, wo sie denn eigentlich bleiben, ist das klar.

Niemand findet es besonders komisch, besonders Hutscher und Malzmann nicht, die ihre Autorität unterwandert sehen und jetzt Versteckende und Suchende einhellig zusammen durch den Wald marschieren lassen, um den Schatz zu sichern, der aus einem unter einem umgestürzten Baumriesen versteckten Pappkarton mit Schokoladenriegeln besteht.

Es ist plötzlich sehr ruhig für eine Klassenreise, man hört nichts außer dem Knistern des Schokoladenpapiers und dem Schmatzen und Kauen, das entsteht, wenn eine ganze Klasse – mit Ausnahme von Linda, die ihren Riegel an Sebastian weitergegeben hat, weil sie keine Süßigkeiten mag und auch sonst mit dem Essen sehr speziell ist –, ein Sozialkundelehrer und eine Mathelehrerin gleichzeitig einen Schokoladenriegel essen, und dem üblichen Rauschen des Waldes.

Und dann sagt Lukas, hinein in diese Stille: Fußball.

Jesko schlägt ihm auf die Schulter.

Stimmt, sagt er, stimmt absolut. Das ist der Punkt, an dem wir sie kriegen können.

Das Spiel ist für den nächsten Nachmittag angesetzt, und sie haben Glück, der Regen, der sie vormittags dazu zwingt, ihren Gang ins Dorf im Eiltempo hinter sich zu bringen, anstatt wie gewohnt zu schlendern, hat aufgehört, als es endlich so weit ist.

Die anderen hatten gestern grinsend über ihren belegten Broten am Fenstertisch gesessen, als ihre Klasse sich mit leichter Verspätung zum Abendessen einfand. Die Sache mit den falschen Pfeilen wurde nicht angesprochen, aber Jesko sagte, während er vorgab, eine Platte Wurst gegen eine Platte Käse eintauschen zu wollen, beiläufig, dass sie ja nicht so die Fußballer zu sein scheinen, wenn sie nur so einen alten Ball dabeihaben, den sie nie benutzen, woraufhin Meister Proper aufhörte zu kauen.

Ist das eine Herausforderung?, fragte er mit vollem Mund, und Jesko nickte, ohne etwas zu sagen. Jesko war gut in so was.

Morgen um drei, sagte Meister Proper und kaute wieder.

Es stimmt, Fußball spielen können sie. Sie machen seit Jahren nichts anderes, an jedem Wochenende, an jedem Nachmittag, in jeder großen Pause, in jeder kleinen Pause. Und wenn sie nur einen Ball wieder und wieder gegen ein Garagentor kicken und sich freuen über das Dröhnen des Bleches, auf das der Ball aufschlägt wie ein Klöppel auf einen Gong.

Anna mag Fußball, sie sieht gerne zu, wie sie laufen, als ginge es um etwas, das wirklich wichtig ist, wie sie rufen, als hinge ihr Leben davon ab. Anna sitzt gerne am Rand und sieht zu, oder sie schließt die Augen und denkt an etwas ganz anderes und genießt den Moment, in dem niemand etwas von ihr will, weil sich alle auf den Ball konzentrieren.

Und sie geht auch wirklich nur deshalb zurück, weil sie zur Toilette will und aus keinem anderen Grund, nicht etwa, weil sie hofft, dem Weißen zu begegnen, der nicht mit Meister Proper und Bibo, Wrangler, dem Bärtigen, Johnboy und sogar ein paar von den coolen Mädchen auf dem Spielfeld steht, im Gegenteil, sie bekommt fast einen Schreck, als sie sieht, dass er vor der Eingangstür steht, allein, und sich eine Zigarette dreht. Und während er draußen steht und raucht, fragt sie sich drinnen, ob er noch da sein wird, wenn sie zurückkommt, ob sie ihn ansprechen soll und was um alles in der Welt sie zu ihm sagen soll.

Ihre Angst, dass er nicht mehr da sein könnte, wenn sie das Haus verlässt, verwandelt sich, je näher sie der Tür kommt, mehr und mehr in die Angst, dass er noch da sein könnte. Sie verlässt das Haus, und der heimliche Häuptling schnipst seinen Zigarettenstummel in den Betonkübel.

Hi, sagt er.

Und als er sie fragt, ob sie Lust hat, ein paar Schritte zu gehen, braucht sie bloß zu nicken.

Spielst du nicht mit, fragt sie ihn, ich meine, interessierst du dich nicht für Fußball?

Manchmal, sagt er. Heute nicht. Und du?

Ich wusste nicht, dass das geht, sagt sie, ich dachte, Fußball ist eine Sache von immer oder nie.

Immer oder nie finde ich öde, sagt er. Ist dir schon mal aufgefallen, dass die Autos morgens immer in die eine Richtung fahren und abends immer in die andere? Eine Spur ist immer leer, und auf der anderen Seite stehen sie.

Es macht Spaß, an ihnen vorbeizufahren. In die andere Richtung, sagt Anna und nimmt die selbst gedrehte Zigarette, die er ihr reicht.

Anna kann nichts anderes sagen als das, was sie schon erzählt hat, egal wie sehr Veruschka, Jamila und Sophie sie bedrängen.

Hab ich doch schon gesagt. Wir sind nur ein bisschen rumgelaufen.

Und, ist was passiert?, fragt Veruschka zum dritten Mal.

Passiert ist, dass wir geredet haben. Wir haben uns unterhalten.

Und worüber?

Über Fußball. Über Autos. Über Verkehr. Und über Fische.

Über Verkehr? Du spinnst doch. Und wie heißt er jetzt, dein Weißer?

Darüber haben wir nicht geredet.

Vielleicht glaube ich dir auch einfach nicht.

Du hast uns doch zusammen gesehen.

Nur weil er kurz neben dir stand, müsst ihr ja nicht zusammen spazieren gegangen sein.

Glaub doch, was du willst, sagt Anna.

Und dich interessiert nicht, wer gewonnen hat?

Nein, sagt Anna, heute nicht.

Beim Abendbrot setzt sich Anna so, dass sie zum Fenstertisch sehen kann. Er zwinkert ihr einmal zu, aber dann ist er zusammen mit den anderen wie jeden Abend verschwunden, bevor Hutscher die Tafel aufgehoben hat, und sie tauchen auch nicht wieder auf, und obwohl es Anna gelingt, Veruschka, Jamila und Sophie zum Rauchen an den Betonkübeln zu überreden, wofür sie sich jedes Mal einen Spruch von Hutscher oder Malzmann einfangen, wenn die vorbeilaufen, ist von den anderen keine Spur zu sehen. Und erst, als sie schon in ihren Stockbetten liegen, hören sie noch einmal Poltern und Kichern im Flur, bevor alles ruhig wird und Anna endlich Zeit hat, daran zu denken, wie sie zusammen zurückgegangen sind. Kennst du die Geschichte von den blauen Fischen?, hat er gefragt und erzählt, wie ein kleiner Junge blauen Farbstoff in sein Aquarium streut, alle Fische kommen und den blauen Farbstoff fressen, weil sie ausprobieren wollen, was das Neues ist, und alle ganz blau werden, der Goldfisch wird blau, und die anderen Zierfische, Süßwasserfische und Meerwasserfische werden auch alle blau, sodass ganz viele unterschiedliche Fische, die aber alle blau sind, im Aquarium schwimmen. Bei der Gelegenheit kommen der Goldfisch und noch ein anderer, ein Salzwasserfisch, auf die Idee, jetzt, wo sie schon blau sind, das Weite zu suchen und das Aquarium zu verlassen. Und raus aufs Meer zu schwimmen, denn es gibt einen Zugang vom Aquarium aufs Meer. Und sie versuchen, die anderen zu überreden. Sie sagen, kommt doch mit, wir schwimmen raus, wir sind jetzt eh schon blau. Wir haben jetzt Blut geleckt, wir haben Lust auf Abenteuer. Die anderen sagen aber, nein, wir bleiben lieber hier, wo es sicher ist und wo wir wissen, woran wir sind. Wir kommen nicht mit raus. Und gerade als der Goldfisch und der Meerfisch kurz davor sind, das Aquarium zu verlassen, stürzte Veruschka auf sie zu, da bist du ja, hinter sich Jamila und Sophie, wie immer.

Kommst du? Oder stören wir etwa?

Der Weiße hatte aufgehört zu erzählen und ein paar Rauchkringel vor sich in die Luft geblasen.

Ich erzähle dir das Ende ein anderes Mal, sagte er und schnipste seine Kippe in den Betonkübel.

Am nächsten Morgen starten Hutscher und Malzmann einen Überraschungsangriff. Noch bevor die anderen beim Frühstück erschienen sind, muss Annas Klasse aufbrechen zu einer Wanderung, deren Ziel, wie sich herausstellt, eine tausendjährige Eiche ist, die aber nur so heißt, denn in Wahrheit ist sie nur etwa fünfhundert Jahre alt, was aber keinen Unterschied macht, weil fünfhundert Jahre in Bezug auf Eichen, wenn man davorsteht, sich nicht anders anfühlen als tausend. Tatsächlich wäre Anna ausgerechnet in diesem bestimmten Moment im langen Leben der Eiche lieber woanders als hier, nämlich in ihrem eigenen. Als sie zurückkommen, sind die anderen weg.

Sie hinterlassen nichts als die besseren Zimmer, den Tisch am Fenster, einen Fußball, der eine Pflaume ist, und ein offenes Ende.

Wenn heute ein Tag wäre wie jeder andere. Nach dem halb wachen Blick auf den Wecker noch einmal die Augen schließen. Eine weitere Stunde schlafen. Oder zumindest eine halbe. Sie liebt es. Wenn sie am frühen Morgen nicht vom Wecker geweckt wird, sondern vom Licht. Die Phase zwischen Schlaf und Wachsein. Eine Zeit, in der sie nichts tut, obwohl sie etwas tun könnte. Weil das Bewusstsein schon da ist und Signale sendet, und sei es das Signal, alle anderen Signale zu ignorieren. Aber an diesem Morgen ist es nicht das Licht, das sie so schlagartig wach macht. Es ist ein Gedanke, der sich nicht ignorieren lässt. Wie dieser Tag ausgehen wird. Was er bringen wird oder vielmehr wen. Dass etwas in ihr, Mos, Leben kommt, das sie so hellwach macht, bevor es überhaupt eine konkrete Gestalt angenommen hat.

Zu dieser Jahreszeit ist es schwer zu sagen, wann der Tag anfängt und die Nacht aufhört und umgekehrt. Sie liebt es, wenn sie über der Arbeit die Zeit vergisst, weil die Sonne nicht untergehen will. Wenn alles, was sie am Ende des Tages nach draußen drängt, nicht das Gefühl ist, der Tag wäre zu Ende, sondern einfach der Hunger.

Draußen zu sitzen, bis es dann endlich dunkel wird. Die Luft abkühlt. Das Straßenpflaster die Hitze des Tages zurückstrahlt. Die Geräusche der Stadt, die nachts ganz anders klingen als tagsüber, bis sie schließlich verebben, bis auf das leise Grundrauschen einer Stadt, in der zu jeder Zeit irgendwo irgendetwas passiert.

Wenn heute ein Tag wäre wie jeder andere, würde sie nachher mit Alexandra und Jette draußen sitzen, in einem Straßencafé oder einem Biergarten. Sie würden ein bisschen länger bleiben, als sie eigentlich vorgehabt hatten. So tun, als müssten sie nicht am nächsten Morgen an ihren Schreibtischen sitzen. So tun, als wäre alles, was sie am nächsten Tag zu tun hätten, freiwillig. Was es im Grunde ja auch ist.

Heute also nichts von all dem. Nicht wirklich die Herangehensweise, die sie sich vorgestellt hat für dieses Projekt. Andererseits, was hat sie zu verlieren.

Sie geht nicht deswegen zum Friseur. Sie geht trotzdem, denn sie muss sowieso. Außerdem liebt sie es, wenn Renés kräftige Finger ihr den Kopf massieren. Sie liebt den Wasserstrahl, der, von René stets perfekt temperiert, seitlich an ihrem Hals vorbei in das anatomisch angepasst geformte Waschbecken läuft. Und sie liebt Renés ruhige Art. Seine Kunst, ohne dass es der Worte bedarf, zu erkennen, ob es sich um einen Tag handelt, an dem sie reden will. Oder eben nicht.

Sie liebt es, kurz gesagt, für eine Stunde unter dem großen Umhang zu verschwinden und in dieser Zeit nichts, gar nichts tun zu müssen.

Wenn es René wäre, mit dem sie den Abend verbringen würde, dann hätte sich spätestens bei diesem Gedanken die Vorfreude eingestellt und das andere, unangenehme Gefühl vertrieben. Der Grund dafür ist, so viel gesteht sich Mo ein, dass René von ihr, genau wie von jeder anderen Frau, nichts will.

Sie macht nicht den Fehler, lange vor dem Kleiderschrank darüber nachzudenken, was sie passenderweise anziehen soll. Das richtige Outfit für diesen Abend gibt es nicht. Alles ist richtig. Wenn heute Abend irgendetwas falsch sein sollte, dann ist es nicht ihre Garderobe, sondern er. Oder, wie Alexandra sagen würde, es gibt keine falsche Kleidung, nur falsches Wetter. Wobei Wetter natürlich im übertragenden Sinn gemeint ist.

Nicht doch. Während er den Kopf schüttelt, ohne etwas zu erwidern, und mit dem linken Fuß fast in ein geschmolzenes Eis getreten wäre, denkt er es, schon zum dritten Mal an diesem Vormittag denkt er es, probehalber, nicht doch, aber die junge Frau mit dem Werbeaufdruck auf dem T-Shirt hat sich schon von ihm abgewendet und deutet mit der zusammengerollten Gratiszeitung auf den nächsten Passanten, wieder in der Hoffnung auf mehr Glück, einen neuen Probeabonnenten und eine entsprechende Kopfgeldprämie in Höhe von 5 Euro.

Ein Blick auf sein Spiegelbild in der Glasscheibe der Drehtür, Friseur? Nicht doch, nicht in dieser Stimmung, nicht mit leerem Kühlschrank und leerem Magen, nicht mit dem Termin im Nacken, dem Date, dem Rendezvous, dem Stelldichein. Aber halt, doch, gerade. Nicht doch, nicht doch!

Frau Neumann hat es gesagt, als Ruben ihr bei den Briefkästen begegnet ist. Frau Neumann aus der Wohnung über ihm, von ihr seit mehreren Jahrzehnten bewohnt, zusammen mit ihrem Hund Vivaldi, schon vor der Wende, sie kennt das Haus noch aus besseren Zeiten, das klingt paradox, aber sie erklärt es gerne. Im Übrigen sind sie einer Meinung, was den Vermieter betrifft. Vivaldis Fell hat die Farbe eines schmuddeligen Graus, obwohl Vivaldi sicher öfter beim Friseur ist als er selbst, ein Terrier vielleicht, jedenfalls irgendetwas Erdnahes. Frau Neumann selbst ist eine unerschöpfliche Quelle. Aber auch abgesehen von ihr, immer häufiger passiert es in letzter Zeit, dass er seine Anregungen nicht in der Szene findet, nicht in den Galerien, Kinosälen oder im Theater, sondern auf der Straße oder auch direkt im eigenen Hausflur. Dem Volk aufs Maul geschaut. Wenn die Dinge schon tausend Mal gesagt worden sind, sind sie deshalb doch nicht weniger wahr. Zumindest, wenn Frau Neumann sie sagt. Frau Neumann kann so etwas sagen. So etwas. Frau Neumann selbst ist Original genug, um Dinge sagen zu können, die nicht von ihr sind. Sie nimmt die herumliegenden Floskeln und Phrasen auf, ohne darüber nachzudenken, ohne auch nur einen Gedanken daran zu verschwenden. Sie kann sich darauf konzentrieren, was sie sagen will. Wie, ist egal. Und erstaunlicherweise funktioniert es. Er hatte gerade den Abholschein von der Post aus seinem Briefkasten gefischt und sie, die soeben mitsamt Vivaldi vom morgendlichen Spaziergang zurückkam, wie immer höflich gegrüßt, als Vivaldi sich auf sein Bein stürzen wollte. Niemals vorher hat Vivaldi Ähnliches versucht, warum auch, seit drei Jahren teilen sie Haus und Flur, und Vivaldi wird täglich mehrmals an seiner Wohnung vorbeigeführt. Und obwohl dieses Verhalten für Vivaldi höchst ungewöhnlich war, zeigte Frau Neumann keine Überraschung und blieb nahezu unbeteiligt. Nicht doch, sagte sie einfach, und riss Vivaldi von seinem Hosenbein zurück, als handelte es sich um eine Lappalie und nicht um einen sexuellen Übergriff, nur einmal, aber kurz, heftig und bestimmt. Rüde. Seitdem neuerdings die Hundeleinen nicht mehr am Hals, sondern an der Brust der Tiere befestigt werden, fliegen die Hunde bei solchen Rückrufaktionen zumindest mit ihrer vorderen Körperhälfte durch die Luft, ohne dass ihnen, wie früher mit den herkömmlichen Modellen, vom Halter die Kehle zugeschnürt wird. Von Tierquälerei kann also keine Rede sein. Im Gegenteil, man könnte denken, die Tiere genössen es, so wie Vivaldi gezerrt hat. Sich ins Zeug gelegt hat. Und Frau Neumann also sagt, mitten hinein in Vivaldis kurzen Flug, nicht doch. Das ist nicht unoriginell. Das hat Witz. Gerade im Unbeteiligten liegt die Komik. Nicht doch, das klingt wie ein augenzwinkernder Gruß aus der Vergangenheit. Und gleichzeitig ist keine Zeit vorher jemals so *nicht doch* gewesen wie heute. Ambivalenz, notiert er gedanklich, tendierend zu Ironie durch Retronote, imperativisch, aber gemäßigt, kommt ohne Verb aus. Trocken. Unbeteiligt. Unaufgeregt. Daraus ließe sich etwas machen. Seitdem testet er *nicht doch* aus, und erstaunlicherweise passt es immer.

Das Ende der Warteschlange bildet eine Frau mit einem Kinderwagen, auf dem, quer über Faltdach und Lenker, ein riesiges Paket liegt. Die junge Frau bittet ihn, mit dem Wagen nachzurücken, während sie sich die Umschlagsangebote im Postshop ansieht, und er ertappt sich bei dem Gedanken, wie praktisch es ist, wenn man zu zweit zur Post geht und das Kind sich schon mal anstellen kann, im Grunde eine Erleichterung für die Mutter, Arbeitsteilung, Kinderarbeit, und schämt sich sofort, so etwas darf man nicht denken, denkt er. Sein Blick fällt auf eine an der Decke hängende Kamera, und er fletscht die Zähne. Als er den Wagen aufrückenderweise weiterrollt, stellt er fest, dass der sehr viel leichter zu bewegen ist als gedacht und zudem überaus wendig in der Kurve um den Ständer mit den Fotokalendern, in denen weichgezeichnete Paare in sandigen Buchten abgebildet sind, wer hängt sich so etwas eigentlich auf. Wie schnell der wohl wäre auf einer geraden Strecke, ohne Hindernisse und mit gutem Untergrund. Wie schnell der wohl wäre, wenn es darauf ankäme. Wie schnell der wohl wäre, bergab.

In der Straßenbahn mürrische Morgengesichter. Vergraben hinter Schlagzeilen, die vergeblich versuchen zu schocken.

Sie gibt auf, ihre Zeitung lesen zu wollen. Kann sich nicht konzentrieren. Zu voll der Kopf mit der Korrespondenz um das Projekt. Das heute konkrete Gestalt annehmen soll. Diese Gedanken gilt es wegzuschieben, um Platz zu machen für den Tag, der dazwischen liegt und voll von Arbeit ist. Dunkle Anzüge mit Aktentaschen.

Einkaufstüten. Kinderwagen. Weiße Kabel, die aus Taschen kommen und in Ohren verschwinden. Ein großer Hund. Zwischen den Fahrgästen ein Junge, der eigentlich in der Schule sein müsste. Geschätzt noch nicht einmal im Stimmbruch. Blonde Locken, die ihm über die Schultern fallen. Er sitzt breit auf einer Zweiersitzbank. Trägt ein weißes Hemd, die obersten Knöpfe offen, weit, ein bisschen zerknittert. Lässig. Das Selbstvertrauen, das er ausstrahlt, hat fast schon eine leichte Überheblichkeit. Ich will ganz woandershin als ihr, scheint er zu sagen, ich muss nur zufällig gerade in dieselbe Richtung.

Er bemerkt ihren Blick, und sie zwinkert ihm zu, schickt ihm ihre Anerkennung, du bist nicht alleine, ich bin auch so. Der Junge stutzt, als hätte er nicht richtig gesehen, kneift die Augen zusammen, zieht seinen Kopf zurück und angewidert die Mundwinkel nach unten.

Apfel Z, denkt Mo, undo. Krass zugezwinkert am frühen Morgen im öffentlichen Nahverkehr. Von einer Frau, die seine Mutter hätte sein können, wenn sie ein anderes Leben geführt hätte, als sie hat. Am schlimmsten ist, dass sie sich dabei selbst wie ein kleines, ein gleichaltriges Mädchen fühlt, das im Grunde nur spielen will. In Wahrheit ist sie eine Frau, die sich beim Blick in den Spiegel nicht erkennt. Die vor lauter Erfolg in der Arbeit die Zeit vergessen hat. Die plötzlich beim Italiener nicht mehr Signorina genannt wird, sondern Signora. Sogar in den Szenevierteln gesiezt wird, von Leuten, die so aussehen, als wüssten sie nicht, dass es diese Anredeform überhaupt gibt.

Am frei gewordenen Schalter bedient ihn eine Dame mit rot gefärbten Haaren, einer Frisur, für die sie eigentlich zu alt ist, genau wie sie für ihr T-Shirt eigentlich zu alt ist, *0,00 Euro* steht auf ihrer Brust.

Sie verschwindet mit seinem Abholschein und kommt zurück mit einem unterfrankierten Brief von seiner Großmutter. Wahrscheinlich hat sie ihm wieder Zeitungsartikel geschickt über Dinge, von denen sie glaubt, dass sie Ruben interessieren müssten. Die Schalterdame kassiert das Nachporto und will wissen, ob er Auto fahre, über ein Stromangebot informiert werden möchte und ob sie sonst noch etwas für ihn tun könne. Ruben verneint und bedankt sich, woraufhin sie ihn fragt, ob er Lotto spiele, die Hand in automatisierter Bewegung bereits auf dem Schubladengriff, um das entsprechende Formular zu zücken, wie schon ungezählte Male vorher allein am heutigen Tag. Und dann ist es raus, wahr geworden, bevor er es denken kann, wie eine Entscheidung, die er selbst nicht getroffen hat, aber immerhin etwas in ihm, das wahrscheinlich sogar mehr Ruben ist als er selbst.

Nicht doch.

Es sind Momente wie dieser, in dem er ein Thema als solches erkennt, erkennt, dass es stimmt, in seiner Essenz, und sich wie aus dem Nichts heraus ein Bezug kristallisiert, zur Zeit, zur Gesellschaft, zur Welt. Momente, in denen er sich wach und klar fühlt und die Dinge in ihrem Chaos wieder etwas dazugewinnen, ein Stückchen Ordnung oder Struktur, ein Hauch von Hier und Jetzt im großen Immer und Überall. Die Welt erscheint ihm wie ein riesiges Puzzlespiel, unzählige Teile liegen in großen Haufen um ihn herum, und er nimmt das eine oder andere prüfend in die Hand, betrachtet die Form, sucht nach Namen, und in manchen Momenten weiß er nicht mehr zu sagen, ob das Leben für ihn eine unüberschaubare Aufgabe ist oder ein großes Spiel.

Auch im Büro keine besonderen Vorkommnisse. Keine Anzeichen, dass heute kein Tag ist wie jeder andere. Frau Schneider hat, wie jeden Morgen, die Räume zuerst betreten, mit Licht und frischer Luft und Kaffeeduft gefüllt und sitzt über der Buchhaltung mit einem Gesichtsausdruck, der Arbeitsfreude ausstrahlt, als wäre sie fast schon fertig und traurig darüber. Auch Corinna ist schon da. Sie kümmert sich um den neuen Praktikanten – Björn? Sven? Kai? – , was bedeutet, dass die dringenden Dinge nicht so dringend sind, dass sie nicht zwei Stunden warten könnten. Gut. Mo lehnt ihre Tür so weit an, dass sie beinahe geschlossen ist, und bringt ihren Ledersessel für einen Moment in die maximale Rückenlage. Der Anrufbeantworter blinkt hektisch. Ein Schluck Kaffee. Ein tiefer Atemzug. Ein Blick in das große Buch. Dann macht sie sich daran, die Sachen von gestern zu erledigen, die nahtlos in die Sachen für morgen übergehen. Es gibt sowieso nur Sachen von heute. Mo hat den Ehrgeiz, nichts auf dem Schreibtisch zurückzulassen, wenn sie den Raum verlässt. Die einzig bewährte Methode, diesem Ehrgeiz gerecht zu werden, ist, schon jetzt damit zu beginnen und nicht erst am Nachmittag. Jetzt.

Wenn für den Längsverkehr die Ampel von Gelb auf Rot springt, kann für den Querverkehr nicht gleichzeitig die Ampel von Rot auf Gelb-Grün springen. Es muss eine Phase geben, in der, und sei es nur für wenige Sekunden, alle Ampeln auf Rot stehen, eine Phase zwischen den Gelbphasen. Er ist sich sicher, dass es so sein muss, denn gemeinhin gilt Gelb als Grün, und selbst sogenanntes Dunkelgelb bringt hierorts niemanden zum Stehen. Es muss aber dennoch, denn anderenfalls würde jede einzelne Ampelumschaltung einen Unfall hervorrufen, wenn es einen Moment gäbe, in dem alles steht. Er würde das gerne sehen, aber dafür bräuchte er jemand anderen, einen Assistenten, einen Partner, zwei Richtungen aus einer Perspektive einzusehen ist unmöglich, leider. An eine Anlage mit zwei simultan übertragenden Kameras hat er schon gedacht, aber bisher den Aufwand gescheut. Trotzdem würde er es gerne wissen, wäre gerne überzeugt davon, dass es diesen Moment übergreifenden Stillstands gibt, den Moment, an dem alle gleichzeitig warten müssen, dass es weitergeht.

Denn was wäre, wenn nicht. Wenn dieser dunkle Geländewagen, der gerade auf ihn zugerollt kommt, nicht anhielte, was wäre, wenn sich Rubens Noch-Grün der Fußgängerampel mit dem Schon-Gelb-Grün des Querverkehrs um den Bruchteil einer Sekunde überschnitte. Er hört das Schreien der Bremsen, des Fahrers, sein eigenes und das seiner Verwandten, die um die offene Gruft herumstehen, sieht die Stoßstange in Großaufnahme, Blut auf Asphalt, Blaulicht und dann Schwarz und wischt alles beiseite wie mit einem Scheibenwischer.

In Japan gibt es bei der Ampelverkehrsregelung eine Phase, in der alle Autos stehen bleiben müssen und alle Fußgänger eine gemeinsame Grünphase haben. Dabei ist es auch erlaubt, die Straße diagonal zu kreuzen. Er versucht sich vorzustellen, wie japanische Fußgänger von allen vier Seiten auf den Mittelpunkt der Kreuzung zulaufen und dort kollidieren. Er sieht auf seine Uhr, und es kracht wirklich, aber nicht, wie gefühlt, vor, sondern direkt hinter ihm. Ein Fahrrad liegt auf dem Weg, die Räder drehen sich in der Luft. Daneben auf dem Boden eine Frau, den Kopf auf dem Asphalt.

Um Gottes willen, sagt er, laut sagt er das, und mehr noch als über den Klang seiner eigenen Stimme erschrickt er über das, was er sagt.

Helfer sind sofort da, die Frau sitzt, nickt, befühlt vorsichtig ihren Kopf und probiert die Gelenke.

Alles in Ordnung, es geht gleich wieder.

Nicht, dass er der große Sanitäter wäre.

Warum hat er das gesagt? Ist ihm das entfahren? Er, für den Gott, egal mit welchem Namen man ihn anrufen mochte, immer ein Konzept gewesen ist, das für ihn aus Mangel an Bedarf nicht infrage kam, ruft um Gottes willen, nur weil es neben ihm einmal knallt.

Ist es ein Gebet? Eine Bitte um Gottes Willen? Ist es nicht vielmehr eine Frage, um was es sich hierbei, um Gottes Willen, handelt? Wer, um Gottes willen, hat da aus ihm gesprochen?

Ein Autofahrer drückt auf die Hupe, als habe er den ganzen Tag lang auf diesen Moment gewartet.

Schon bevor sie die Tür hinter sich geschlossen hat, vibriert ihr Telefon in der Jackentasche. Sie verlässt das Büro nicht, weil sie Hunger hätte. Sie hat sich angewöhnt, sich mittags für eine Dreiviertelstunde zurückzuziehen, damit niemand sie etwas fragen kann. Keine E-Mail gelesen werden will und beantwortet. Für die dringendsten Sachen ist sie mobil erreichbar. So wie jetzt.

Eine unbekannte Nummer. Es ist Per, Alexandras Per, er will die Schlüssel von Marvins Wagen aus der Wohnung.

Gut, dass er anruft. Jettes Pflanzen brauchen dringend Wasser, wenn sie Glück hat, ist es noch nicht zu spät. Den Umweg kann sie nachher machen, auf dem Weg zum großen Unbekannten. Bis dahin müssen sie noch durchhalten.

Das neu eröffnete Café liegt zwischen zwei altbewährten und hat zu viele Stühle auf dem Gehweg, aber sie ist gewillt, allem was neu ist, eine Chance zu geben. Außerdem reizt sie der mit Kreide an der Tafel mit den Tagesgerichten angekündigte Salat mit Ziegenkäse und Birnenspalten. Sie setzt sich mit dem Gesicht zur Sonne, bestellt bei einem etwas zu höflichen Kellner und schließt die Augen, bis ihr Telefon in der Tasche ihre Aufmerksamkeit fordert. Sabrina. Sie lässt sie auf die Mailbox sprechen.

Den Friseur hat er sich nach dem Namen ausgesucht. Wobei ihm weniger wichtig ist, wie der Laden heißt, als wie er nicht heißt. In einem Laden, der sich *Um Haaresbreite* nennt, wäre es ihm unmöglich, sich zu entspannen. Nicht, dass er besonders eitel wäre, aber wenn die Vorlieben im Humor so auseinandergehen, führen sie bei der Frisur mit Sicherheit nicht zusammen.

Er nimmt auf dem breiten roten Kunstledersessel Platz, und während die Friseurin ein Tuch über ihn breitet, das sie am Hals etwas zu eng schließt, überlegt er, wie viele Hintern genau an dieser Stelle saßen, bevor sein eigener an die Reihe kam, wie sie nebeneinander aussehen würden, und ob er in der Lage wäre, von hinten seinen eigenen zwischen den anderen zu erkennen.

Was machen wir?, fragt die Friseurin, und er beschließt, es als ein gutes Zeichen zu nehmen, dass nicht nur sie etwas macht, sondern er an dem Vorgang beteiligt ist, denn auch bei so einem Haarschnitt kann einiges schiefgehen, und mit einem schiefgegangenen Haarschnitt braucht er heute Abend gar nicht erst anzutreten.

Wir machen etwas, das nicht so aussieht wie ein frischer Haarschnitt, sagt er, bitte.

He, sagt Mo zu einem Vater, der seinen Sohn hochhebt, um ihn an eine Hecke pinkeln zu lassen, als wäre die Gegend nicht voller Cafés und der Park die einzige Möglichkeit.

Er ist doch noch ein Kind, sagt der Mann.

Er schon, entgegnet Mo. Sie aber nicht.

Sie wartet die Antwort nicht ab und muss daran denken, was Jette gesagt hätte, wenn sie dabei gewesen wäre: Ich weiß genau, was der jetzt über dich denkt, hätte Jette gesagt, ich kann seine Gedanken hören. Dämliche Ziege, hätte Mo erwidert, frustrierte, dämliche Ziege, und Jette hätte gesagt, ja, im besten Fall.

Der Briefkasten im Hausflur quillt über vor kostenlosen Wochenzeitschriften, die sie direkt in den dafür bereitgestellten Papierkorb schmeißt, auch Hochglanz und egal, ob in Plastik eingeschweißt oder nicht. Die Post unter den Arm geklemmt, folgt sie dem Lauf der Treppe in den dritten Stock.

In der Wohnung steht die Luft. Mo schiebt sich an dem riesigen Möbelstück vorbei, das den halben Flur blockiert und so aussieht, als könnte es einen Anstrich gebrauchen. Sie legt die Post auf den Küchentisch und öffnet die Fenster.

Über dem Obstkorb taumeln Fruchtfliegen in der Luft. Sie wirft zwei schimmelnde Pflaumen in den Müll und eine Banane, die außen schon schwarz ist.

Die Tomaten auf dem Balkon haben auf sie gewartet. Mo gießt, bis das Wasser unten aus den Blumenkästen herausläuft und durch den Metallrost tröpfelt. Sie hört, wie das Wasser unten im Hof auf den Boden klatscht.

Auf dem Wohnzimmertisch gibt es einen verwelkten Strauß. Der Fernseher steht auf Stand-by. Sie schaltet ihn aus. Dann nimmt sie sich in der Küche ein Glas aus dem Schrank und öffnet eine der Mineralwasserflaschen aus dem Kasten hinter der Küchentür.

Es ist ihr bewusst, dass es völlig unnötig ist. Trotzdem bereitet sie sich innerlich auf diesen Termin vor, wie sie es bei jedem anderen tun würde. Zwei Listen. Dinge, über die sie reden werden. Dinge, über die sie nicht reden werden. Die zweite Liste wächst sofort ins Unermessliche, während die erste Liste stagniert. Der Weg zur Location. Die Location. Das Wetter. Es ist besser, von beruflichen Dingen überhaupt nicht zu sprechen. Oder, wenn sich das Thema gar nicht vermeiden lässt, die ganze Sache so weit wie möglich herunterzuspielen.

Es klingelt in dem Moment, in dem sie beginnt, sich zu fragen, wo er bleibt.

Per sieht anders aus als sonst. Als hätte er sich neu eingekleidet und als sei ihm gutes Aussehen wichtig.

Per, sagt sie.

Du siehst gut aus, sagt Per. Hast du noch einen Termin?

So ähnlich, sagt sie, du aber auch, eure Umstände scheinen dir gut zu bekommen, du leuchtest ja richtig.

Wirklich, sagt Per, ja, es ist schön gerade.

Das Telefon vibriert in ihrer Tasche. Mo hebt den Arm, um Per zu signalisieren, dass es nicht lange dauern wird.

Sabrina, sagt sie. Ich weiß, das Geschenk für Vater. Ich kann aber gerade … ich rufe dich zurück. Nachher, oder besser, wir telefonieren morgen, vor der Arbeit. Du auch, bis dann.

Sorry, sagt sie.

Per schüttelt nur den Kopf.

Fahrt ihr raus am Wochenende?

So ähnlich, sagt er. Nein, eigentlich gar nicht. Ich brauche es für eine andere Sache. Für einen Job.

Arbeit, sagt sie.

Ja, sagt er. Was sonst, oder?

Was sonst, sagt sie, genau.

Er ist der Älteste auf der Straße, das ist übertrieben, aber so fühlt es sich an. Das Viertel hat er aus einer Laune heraus vorgeschlagen, und sie hatte zurückgeschrieben, warum nicht, und der Laden bekommt gute Kritiken. Jedenfalls werden sie hier niemanden treffen, und daher auch nicht in die Verlegenheit kommen zu erklären, woher sie sich kennen. Vor den blauen Schriftzug einer Drogeriekette hat jemand mit roter Farbe ein großes AR gesprüht. Auf dem Rasen im Park lagern Grüppchen junger Menschen, ein Flaschensammler trägt zwei volle Tüten. Ruben macht einen Bogen um einen großen Hundehaufen, atmet die sommerliche Abendluft und fühlt sich zehn Jahre jünger und zehn Jahre älter zugleich.

Woher wird er wissen? Woran wird er sie erkennen, und, was viel wichtiger ist, woran wird er erkennen, ob sie es ist? Ist im Sinne von diejenige, welche. Und warum ist diese Frage in dieser Situation so viel wichtiger als in jeder anderen?

Er streicht mit der Hand über seine kurzen Haare am Hinterkopf.

Er muss sein Tempo verlangsamen, um pünktlich zu sein.

Beim Abschied auf der Straße ein kurzes Zögern, bevor sie sich auf die Wangen küssen, links, rechts, links, ohne mit den Nasen aneinanderzustoßen, als täten sie es täglich. Dabei kennt sie Per nur von Alexandra. Sie hat ihn bis heute nie richtig wahrgenommen. Wahrscheinlich, weil Alexandra immer dabei ist.

Als sie eben zusammen den Autoschlüssel gesucht haben, hat sie zum ersten Mal verstanden, was Alexandra an ihm findet.

Wo würde Jette ihn hintun?, hatte er gefragt.

Auf den Sicherungskasten im Flur.

Da war er nicht, auf dem Küchentisch war er nicht und auf dem Fensterbrett auch nicht.

Wo würde Marvin ihn hintun?, hatte sie gefragt.

Nirgendwohin.

Er hatte recht. Sie fanden den Schlüssel in der Tasche von Marvins Jacke an der Garderobe.

Mo war überrascht. Per hat auf sie bisher immer wie ein Mensch von einem anderen Stern gewirkt. Vielleicht, weil er ein anderes Tempo hat. Vielleicht, weil er nie richtig etwas zu wollen scheint. Mit allem, was Alexandra tut, einverstanden ist. Wie ein Statist.

Wenn er dich glücklich macht, ist er der Richtige, hatte Jette gesagt, nachdem Alexandra Per zum ersten Mal mitgebracht hatte. Jette war die Expertin in Sachen Glück, und Mo hatte dem nichts hinzuzufügen.

Hast du eine Ahnung, wo er stehen könnte?, ruft Per ihr hinterher.

Ich weiß nicht mal, was für eins es ist, ruft sie zurück.

Per zuckt mit den Schultern.

Er winkt und geht in die entgegengesetzte Richtung weiter.

Sie kann ihn sich gut mit einem Kinderwagen vorstellen, viel mehr als sich selbst. Bei der Vorstellung, dass sie mit einem Kinderwagen unterwegs ist, fühlt sie sich, als hätte sie zwei linke Hände. Wenn sie auf Sarah-Lena und Jesse aufgepasst hat, mit dem Kinderwagen im Supermarkt war und alle ihr Platz machten, erschien ihr diese Behandlung immer unverdient. Es sind gar nicht meine, dachte sie, ich bin nicht diejenige, der ihr Platz machen müsst, ich bin bloß die Tante. Mo kam sich jedes Mal so vor, als spiele sie die falsche Rolle, dabei hat sie mit Rollen sonst keine Probleme. Bei Per wird der Kinderwagen nicht wie ein Fremdkörper wirken. Man merkt ihm die Vorfreude an. Er macht einen geradezu euphorischen Eindruck. Alexandra weiß, was sie tut. Auf die Abende in den Cafés und Biergärten werden sie auch nicht verzichten.

Der Laden ist voll, was Ruben als gutes Zeichen wertet. Er setzt sich auf einen Platz, intuitiv gewählt, um nicht zu sagen den ersten Besten, und wahrscheinlich, um wie gewöhnlich im Laufe des Abends festzustellen, dass er sich den strategisch ungünstigsten Platz ausgesucht hat. Er fragt sich, ob diese Formel auf sein Leben übertragbar ist.

Er wird warten, erklärt er dem jungen Mann, der nach seinen Wünschen fragt, und bekommt daraufhin eine zweite Karte. Das Publikum im Durchschnitt drei bis fünf Jahre jünger als er, Lenze, weniger Lenze, viele Turnschuhe, viele dicke Brillen, das must-have der Saison, die Sorte, die man nicht aufhat, sondern an. Viele graue Herrenhosen im Retrolook, die sollen gar nicht richtig sitzen, entweder die Mode hat sich in den letzten Jahren überhaupt nicht verändert, oder aber, und Ruben schließt diese Möglichkeit nicht aus, er selbst hinkt so hinterher, dass er die avantgardistischen Trends immer erst dann bemerkt, wenn sie sich längst ihrer Bestimmung gemäß zu Massenware weiterentwickelt haben.

Die da jetzt reinkommt, die Große mit dem suchenden Blick, kann es nicht sein. Sie sieht französisch aus, wie auch immer, jedenfalls würde er spontan seine rechte Hand darauf verwetten, dass sie nicht Mo ist, oder zumindest, falls es sich bei Mo um eine Netzidentität handelte, identity 2.0, dann wäre Mo nicht der Name, den sie gewählt hätte, dann wäre sie, wenn überhaupt, Monique. Als ihr Blick ihn streift, kann er nicht verhindern, dass er seine Brille zurechtrückt, aber er hält ihr stand. Nicht-Mos Blick geht auf, sie lacht und geht an ihm vorbei zu einem Tisch, an dem eine Gruppe junger Menschen sitzt, die alle genauso französisch aussehen wie sie und sie fröhlich begrüßen.

Der Kellner fragt nach seinem Getränkewunsch, ein Wort, das Ruben unbedingt demnächst außerhalb des Gastronomiekontexts benutzen will. Ruben bestellt eine Flasche stilles Wasser. Ein tiefes, wie er es bei sich nennt.

Die jetzt den Raum betritt. Könnte es sein, blickt um sich, suchend, ist es.

Sie ist jetzt später dran, als sie beabsichtigt hatte. Sie hasst es, wenn es nach Absicht aussieht, aber keine ist. Jeder Versuch einer erklärenden Entschuldigung würde das Gegenteil bewirken und es noch mehr nach Absicht aussehen lassen. Sie wird nichts dazu sagen.

Überhaupt, beschließt sie, während sie suchend durch das Lokal schaut, wird sie ihn reden lassen. Sie wird sehen, was passiert, wenn sie ihn machen lässt, vorausgesetzt natürlich, er besteht die Betaphase.

Der muss es sein. Er kommt beim Aufstehen gegen sein Glas, hält es, noch bevor es fallen kann, sagt dann statt seines eigenen ihren Namen, keine Frage, sondern eine Aussage, Mo.

Er sieht anders aus als auf dem Foto, älter auf jeden Fall, es ist die Brille. Trägt ein Hemd in der Farbe von Tomatensauce, er will sich nicht verstecken, steht ihm gut. Über den Ohren ein paar helle Haare zwischen den dunklen, wie um zu beweisen, dass er schon etwas erlebt hat.

Er hat noch nicht in die Karte gesehen, während er auf sie gewartet hat. Sie weiß das zu schätzen. Wenn er schon gewusst hätte, was er will, am besten noch das bestellt, was er immer bestellt, und zwar mit genau den Worten, dann hätte sie in diesem Moment bereits begonnen, rückwärts zu zählen. Er lächelt einfach, reicht ihr die Karte und schlägt seine eigene auf.

Er schüttelt den Kopf.

Kartoffelspalten, sagt er.

Ich hatte heute schon Birnenspalten, sagt Mo, Spalten scheinen das zu sein, was man momentan so isst.

Es ist das falsche Wort, sagt er.

Mir gefällt es auch nicht besonders.

Das meine ich nicht, sagt er. Spalten sind das Gegenteil von dem, was sie meinen, das Gegenstück, das Stück, aus dem etwas herausgenommen wurde, nicht das herausgenommene. Es sind Schnitze, korrekt gesprochen.

Birnenschnitze, sagt sie langsam. Kartoffelschnitze. Ich glaube, das möchte ich nicht.

Siehst du, sagt er. Manchmal hat man doch den Eindruck, sie wissen, was sie tun. Sie wissen zwar nicht, was sie sagen, aber sie wissen, was sie tun.

Ach, sagt sie. Ich dachte, es wäre andersrum.

Sag so was nicht. Sonst geht es mir auch gleich so.

Zum Glück kommt die Bedienung, für einen Mann, der sogar über das Nichtreden reden will, hat sie keinen Text parat. Sie wird improvisieren müssen. Er lächelt. Ist höflich bei der Bestellung. Wartet ihre Entscheidung ab, bevor er seine eigene bekannt gibt. Dann lässt er sie den Wein aussuchen. Nachdem sie ihm mit einem Nicken signalisiert hat, dass sie dazu in der Lage ist. Mit einem weiteren Nicken, dass er denselben gewählt hätte. Er ist nett. Und lächelt immer noch.

Ich habe so was noch nie gemacht.

Sagt sie zu sich selbst, als säße er nicht am Tisch ihr gegenüber und wäre nicht gemeint.

Sie ist nicht der Typ, der kokettieren würde, schon gar nicht mit Unkenntnis oder einem Mangel an Erfahrung.

Sie sitzt zurückgelehnt, entspannt. Selbstverständlich.

Dann hebt sie das Glas, prostet ihm zu, ohne etwas zu sagen.

Ruben hält seins dagegen.

Also, auf uns, sagt er. Ich meine, auf dich. Auf ein Neues. Eine neue Erfahrung. Äh, egal. Salute.

Ist Ruben dein wirklicher Name?, will sie wissen.

Er nickt.

*Sehet, ein Sohn.*

Das ist schön, sagt sie.

Allerdings wussten sie schon, bevor sie mich gesehen haben, dass sie mich so nennen würden.

Meine waren auch nicht spontan in dieser Situation. Alles vorher festgelegt.

Ist wahrscheinlich auch zu viel verlangt. Ich habe unlängst eine Sendung gesehen über die Maya. Die hatten einen König, der hieß 18 Kaninchen.

Wieso denn 18?

Ich war spontan neidisch, sagt er. Mit so einem Namen, was kann einem da noch passieren? Von Anfang an volljährig. Und immer in der Überzahl.

Was hatte denn das zu bedeuten?

Das haben sie nicht gesagt. Was die Eltern da gesehen haben, ist nicht ganz klar. Aber Kaninchen hatten bestimmt eine völlig andere Bedeutung als bei uns. Vielleicht waren viele kleine Tiere bei ihnen mehr wert als ein großes. Die waren weiter als wir, die waren ganz woanders. Da, wo die waren, sind wir noch lange nicht, wenn wir jemals dahin finden.

Warum ist ihre Kultur untergegangen, weiß man das?

Man nimmt an, es war ein Zusammenspiel von verschiedenen Krisen. Zu schnelles Bevölkerungswachstum, eine Dürreperiode, dann eine falsche Entscheidung von 18

Kaninchens Nachfolger, und das war es dann. Unglaublich, eigentlich. Alles stimmt, eine Kultur in voller Blüte, dann ein kleiner Engpass, eine falsche Entscheidung, und vorbei. Oder keine Entscheidung, was ja letztlich auch eine ist, nämlich dagegen.

Ruben trinkt einen Schluck Rotwein. Sofort Thema ändern. Ein Vortrag über Entscheidungsschwäche und den Untergang der Maya, das ist schlimmer als ein falscher Haarschnitt, schlimmer als der strategisch ungeschickte Stuhl, wahrscheinlich würde es die Situation nicht einmal verschlimmern, wenn jetzt der Tisch zwischen ihnen zusammenbräche, dann hätten sie wenigstens etwas zu lachen.

Der Tisch hält. Mo nimmt eine Scheibe von dem Weißbrot und bestreicht sie mit Knoblauchbutter.

Noch warm, sagt sie. Ich habe neulich gehört, dass es eine Krankheit gibt, oder jedenfalls gibt es eine Bezeichnung dafür, sie nennen es Kairophobie. Wenn man sich nicht traut, Entscheidungen zu treffen. Aus Angst, es könnte die falsche sein. Oder der falsche Moment, was auch immer. Gründe zu warten gibt es ja genug.

Kairophobie, wiederholt er. Es ist selten, dass Mediziner so poetisch werden.

Und wieder eine Hochkultur, die untergegangen ist, sagt sie, was bleibt, sind nur Begriffe.

Sag nicht nur, sagt er. Worte sind wie kleine Container.

Nur, dass niemand reinsieht.

Wir tun es doch gerade. Ich werde das sofort in meinen aktiven Wortschatz übernehmen, sagt er. Ich bin heute etwas kairophob. Entscheidest du, ob wir noch Wein bestellen sollen?

Sollten wir unbedingt, sagt sie. Der Zeitpunkt ist ideal. Und Espresso zum Nachtisch.

Du hast recht, sagt er. Mit allem. Neulich habe ich einen dicken Mann auf einem Fahrrad gesehen. Und er hatte Turnschuhe an, die hatten Klettverschlüsse, wie diese Skaterschuhe, weißt du, und statt eines schlichten Riemens waren es ausgestanzte kleine Plastikflügelchen, mit denen er die Schuhe schließen konnte, die ragten dann unten neben seinen Hosenbeinaufschlägen waagerecht in die Luft. Ich dachte erst, das sei komisch, aber das war es nicht. Es war ein unglaublich trauriger Anblick, ein übergewichtiger Mann auf einem Fahrrad mit Plastikflügelchen an seinen Schuhen. Wenn es das ist, was von einer Kultur übrig bleibt. Von ihrem Heiligsten.

Eigentlich klingt es ziemlich komisch, meint sie, aber es stimmt, traurig ist es auch. Und sonderbar, dass diese Bilder immer noch funktionieren. Auch wenn keiner mehr weiß, was sie bedeuten, verkaufen lassen sie sich.

Es waren natürlich Markenschuhe, sagt er. Ich habe mal überlegt, wenn sie einen Schlips machen würden, aus diesem Trainingsanzugstoff und in diesem Blau, diesem spezifischen Blau, weißt du, das Zeug, das knistert, wenn man es berührt, wenn sie drei weiße Streifen draufnähen würden, zum Beispiel unten diagonal drüber, ich wette mit dir, die würden das kaufen. Die würden das kaufen, und die würden das tragen.

Sie legt den Kopf in den Nacken und lacht. Dann

beugt sie sich zu ihm und legt eine Hand auf seinen Unterarm, und das Gefühl auf seiner Haut kommt dem knisternden Effekt, den er gerade beschrieben hat, ziemlich nahe.

Nicht so laut, sagt sie. Damit kannst du eine Menge Geld machen.

Ruben bemerkt mit Freude, dass sie zwei Löffel Zucker in ihrem Espresso versenkt. Die beiden Nachtische teilen sie sich. Dann haben sie alles aufgegessen. Er darf zahlen, ohne dass sie widerspricht.

Sie sieht ihm dabei zu, wie er die Getränke holt, Service ist hier nicht, an der Theke drängt sich die durstige Jugend, Ruben mitten unter ihnen.

Mo schneidet ihn aus, in Gedanken, mit cut and paste raus aus der etwas zu szenigen Bar und hinein ins Landhaus in der Toskana, ins griechische Fischerdorf, in das sie ihre Arbeit längst verlegt hätte, wenn, ja wenn was? … in eine mediterrane Stadt, auf eine Insel, irgendwohin, wo sie am Strand entlanglaufen und Steine sammeln könnte. Wahrscheinlich kann er sogar tanzen, wenn er denkt, trommelt er mit seinen Fingern auf die Tischplatte einen geheimen Rhythmus, der aus ihm selbst zu kommen scheint. Er passt in alle Szenerien, wie eine Anziehpuppe, denkt sie, nur andersrum, und stellt ihn sich vor in ihrer Küche, auf ihrem Sofa, neben sich im Auto, im Schlafzimmer blendet sie vorerst aus. Sogar mit Jette und Alexandra würde er sich verstehen. Und er ist auch nicht der Typ, der seine Zahnbürste in ihren Becher stellen würde.

Machst du das schon lange, hat sie ihn gefragt, als sie draußen waren, und er hat geantwortet, relativ. Hast du schon viele getroffen, wollte sie wissen, und er sagte, lass mich lügen, keine zehn Finger, die meisten scheiden schon vorher aus, können nicht schreiben. Und du?

Du bist der Erste, sagte sie. Du bist wirklich der Erste.

Das klingt nach großer Verantwortung.

Wieso?

Vielleicht willst du nach heute Abend nie wieder jemanden treffen, sagte er.

Er lächelte, und während sie sich fragte, ob er das so oder so gemeint hatte, wurde ihr klar, dass er wieder in zwei Richtungen gleichzeitig gedacht hatte und er ihr die Entscheidung überließ, wie sie es verstehen wollte.

Er kommt zurück mit den Getränken, beugt sich über sie.

Hier ist es zu laut, ruft er dicht an ihrem Ohr. Lass uns draußen sitzen.

Im Park verströmt ein Busch seinen schweren Frühlingsduft, beinahe künstlich, so intensiv.

Mo setzt sich auf die Bank, nachdem Ruben mit seiner Hand über die Sitzfläche gewischt hat, bevor er ihr den Platz angeboten hat.

Danke. Was ist das?

Das Betörende hier in der Luft? Die Restnatur? Ich habe keine Ahnung, ich bin ein Stadtkind.

Ich auch, sagt sie. Noch eine Hochkultur, die dem Untergang geweiht ist.

Ruben lacht.

Allerdings. Und wir trinken auf der Parkbank. Aber – warum nicht? Und wir trinken sogar aus Gläsern … Ruben streckt die Beine aus. Von mir aus könnte es immer Sommer bleiben.

Kannst du dir vorstellen, woanders zu leben?

Das ist eine meiner Lieblingsvorstellungen, sagt er. Du auch?

Ja, sagt sie.

Und, willst du Kinder?

Ja und nein.

Heißt?

Nicht um jeden Preis, sagt sie. Nicht allein. Und nicht erst Kinder und dann alles andere. Erst, wenn alles andere stimmt.

Du meinst Einkommen und Auskommen und erst mal herausfinden, wer man selbst sein will und all das?

Nein, sagt sie. All das stimmt schon. Ich meine die Beziehung.

Stimmt, da war doch noch was.

Ich kann es mir schon vorstellen, fügt sie hinzu. Aber immer, wenn ich mir meine Kinder vorstelle, dann sehe ich mich als alte Frau, und sie kommen zu Besuch. Und die kleinen Kinder, die dann auf meinen Schoß klettern und Märchen erzählt bekommen wollen, sind meine Enkelkinder.

Die Scheinwerfer blenden, als der Wagen auf sie zufährt. Ruben wird im letzten Moment eine Drehung machen, ansetzen zum rückwärtsgerichteten Sprung, sich über die

Windschutzscheibe rollen, sich mit den Fingerkuppen am Dachrand festhalten und erst dann wieder loslassen, wenn er zehn, zwölf Straßen weiter an einer für ihn günstigen Stelle angelangt ist. Sie hat er dabei natürlich im Arm.

Hat seine Momente. Das sagt man über Filme, die eigentlich zu trashig sind, um sie sich anzusehen. Wie eine Entschuldigung, dass man sie trotzdem gesehen hat. Das kann er jedenfalls guten Gewissens auch über sich selbst sagen. Er hat seine Momente. Definitiv.

Ist es nicht schrecklich, dass man mit seiner Kinokarte schon eine Vorausschau auf seine Emotionen erwirbt, sagt Ruben, Feelgood Movies! Frevelhaft.

Wäre dir Katharsiskino lieber?, fragt Mo.

Viel lieber. Da gehört dann wenigstens auch Heulen dazu.

Das kannst du beim Feelgood Movie auch haben, sagt sie. Zwischendrin. Das steigert sogar noch das gute Gefühl am Ende. Ist das Gleiche.

Es ist nur alles so schrecklich vorhersehbar, sagt er. Apropos. Was hältst du eigentlich vom Heiraten?

Nicht das erste Ziel in meinem Leben, antwortet sie. Vielleicht wäre es unter Umständen ganz praktisch. Wenn man Kinder hätte.

Ja, ja, das Jawort, sagt er. Ich finde es nicht wichtig. Außerdem funktioniert es fast nie. Ich habe jedenfalls keine guten Erfahrungen damit gemacht.

Warst du etwa schon verheiratet?

Nein, aber meine Eltern.

Ja, meine auch, sagt sie. Lange her.

Wann geht das schon mal gut.

Bei meiner Schwester, sagt Mo.

Auf der Brücke über den Fluss, der die Stadt in zwei Teile schneidet wie eine große Torte, bleiben sie stehen und sehen ins dunkle Wasser unter ihnen.

Sie sieht zu, wie Ruben durch die kurzen Nackenhaare streicht, wenn er nachdenkt, selbst während er geht, tut er das. Sie sind frisch geschnitten, und Mo bekommt Lust, mit ihrer eigenen Hand gegen den Strich über seinen Hinterkopf zu streichen, um herauszufinden, ob seine Haare weich oder stoppelig sind und ob sie in ihrer Handfläche kitzeln. Aber sie steckt die Hände in die Hosentaschen und lehnt den Kopf zurück, und Ruben stellt sich neben sie, legt seinen Kopf in den Nacken, und sie sehen beide in den Nachthimmel.

Weißt du was, sagt Ruben, und für einen Moment hat sie Angst, dass sie einen Fehler gemacht hat, dass es fatal war, in den Himmel zu sehen, und dass ihr Fehler, stehen zu bleiben und in den Himmel zu sehen, jetzt Ruben dazu verleiten wird, einen noch größeren Fehler zu machen und ihr die Sterne zu erklären, wie andere zuvor.

Ich könnte schon wieder etwas essen, sagt Ruben.

Mo lacht, und Ruben stimmt ein.

Ich hatte Angst, sagt er, du könntest denken, ich sei gierig.

Im Hotdog-Laden müssen sie warten. Eine Gruppe hungriger Jugendlicher drängelt sich am Verkaufstresen, als wäre zwei Uhr nachts die einzig wahre Zeit, um Hotdogs zu essen, und ein bisschen ist es ja auch so.

Ruben atmet tief ein, um seinen muskulösen Oberkörper zur vollen Geltung zu bringen, dann räuspert er sich kurz und vernehmlich, woraufhin die Kids erschreckt zusammenfahren und zur Seite treten, um ihn vorzulassen, er quittiert das mit einem gnädigen Nicken und bestellt, natürlich weiß er, was sie will, so wie er alles weiß, was er wissen will.

Während die Jugendlichen ihr Kleingeld auf den Tresen zählen, geht Ruben durch den Laden zum Kühlschrank, nimmt zwei Flaschen heraus und sieht fragend zu Mo. Der Öffner ist mit einem Bindfaden am Kühlschrank befestigt, die Kronkorken fallen zu den anderen in die Schüssel, rote Punkte mit blauen Ringen, und wie immer, wenn Ruben dieses Logo sieht, fragt er sich, ob ihn jemand hypnotisiert hat, weil er eigentlich lieber etwas ganz anderes trinken würde.

Ein weiterer Pulk junger Menschen drängt zu ihnen in den Laden, sie nehmen die Hotdogs mit nach draußen und hinterlassen eine Spur von Röstzwiebeln.

Die kürzeste Nacht des Jahres, sagt Mo.

Schade eigentlich, sagt er.

Obwohl. Ist die kürzeste Nacht die Nacht vor dem längsten Tag oder die danach?

Ich weiß es nicht. Aber die schönsten Nächte sind immer zu kurz.

Alle sind kurz.

Stimmt, sagt er. In einem halben Jahr ist schon wieder Weihnachten.

Das ist zum Glück weit weg, sagt sie.

Hast du schon etwas vor?

Ich werde das tun, was ich jedes Jahr mache, sagt sie. Ich sage alles ab, weil ich arbeiten will. Und am 24. setze ich mich spontan in einen überfüllten Zug und fahre zu meinem Vater, weil ich mir einrede, ich täte es für ihn. Und spätestens nach zwei Tagen mit Vater und meiner Schwester, ihrem Mann und den Kindern flüchte ich. Meine Abreise ist genauso überstürzt wie meine Hinreise.

Warum?

Ich halte es nicht aus, was sie machen. Wie sie es machen. Sie bestehen nur noch aus Kindern. Sie will nichts anderes. Sie selbst ist gar nicht mehr da, und trotzdem ist sie überzeugt davon, dass sie alles richtig machen.

Ist sie denn glücklich? Deine Schwester?

Das kann ich mir nicht vorstellen.

Ruben steigt über die Scherben einer zersplitterten Bierflasche.

Ich weiß, was du meinst, sagt er.

Hier wohne ich.

Sein Zögern fast unmerklich. Sympathisch. Beides, sowohl das Zögern als auch das Nicht-merken-Lassen.

Es ist schön mit dir, sagt sie. Es ist wie im Urlaub. Es ist, wie jemand anders zu sein.

Bist du nicht gerne du selbst?, fragt er.

Doch, aber nicht die ganze Zeit. Es ist anstrengend, immer alles richtig zu machen.

Das kenne ich, sagt er. Es ist wie … sich selber spielen. Wie in einem von diesen schrecklichen Reenactment-Formaten. Die Wirklichkeit nachstellen, damit sie realistisch und glaubwürdig wirkt.

Nur, für wen macht man es, für den dümmsten aller Zuschauer, oder für sich selbst?

Du meinst, Quote oder Bildungsauftrag?

So ungefähr.

Vielleicht ist es auch diese Lebensmittenkrisengeschichte, die es ja angeblich geben soll. Inzwischen geht es immer gleich um alles.

Ist es dafür nicht noch zu früh? Für die Krise?

Das hängt davon ab, wie alt du werden willst, oder?

Mehr als doppelt so alt, wie ich jetzt bin, sagt Mo.

Siehst du. Wenn du deinen Enkelkindern etwas vorlesen willst, dann hast du noch ein bisschen Zeit vor dir, sagt er, nimmt die Tür, die sie ihm aufhält, und bedeutet ihr mit einer Geste, dass sie zuerst eintreten soll.

Wie Inseln in der Zeit die Tage, an denen alles möglich ist. Meistens im Sommer, wenn er gerade anfängt und eine Energie in der Luft liegt, von der man nicht mehr gewusst hatte, dass es sie gibt.

Wenn es eine Verständigung gibt, eine Einigkeit, eine Übereinstimmung, die alles andere in den Hintergrund treten lässt, und Worte überflüssig werden.

Ihre Wohnung leer. Ein paar wenige weiße Möbel auf

weiß lackiertem Dielenboden. Weiße Stoffe vor den Fenstern, dahinter schon fast wieder heller Tag. Dahinter.

Wenn heute ein Tag wäre wie jeder andere.

Ick bin glucklick. Sehr glucklick. Würde mein Freund David aus Amerika jetzt sagen.

Und was sagst du?

Genau das, sagt Ruben.

Mo betrachtet ihn. Die Selbstverständlichkeit, mit der er da ist. Wie die japanische Flagge, ein tomatensoßenroter Punkt in ihrer weißen Wohnung. Hier.

Sein Blick schweift über ihre Schuhe auf dem Boden, die Jeans über dem Stuhl und fällt auf das Schild, dort, wo eigentlich eine Größe stehen sollte oder eine Marke, ausgerechnet das passt nicht, nicht zu dieser Nacht, nicht in diese Zeit, nicht zu Mo.

Nicole, sagt er.

Was?

Deine Jeans heißt Nicole, sagt er.

Kann sein, sagt sie, wie heißt deine?

Meine hat eine Nummer, sagt er. Das ist angemessen. Nicole ist kein Name für eine Jeans.

Du spinnst, sagt sie.

Ich weiß.

Ich muss gleich zur Arbeit.

Er nimmt ihre Hände in seine und drückt sie.

Ich mache Kaffee, sagt er.

Als sie aus dem Badezimmer kommt, steht er mit einem Kaffeebecher am offenen Fenster und sieht auf die Straße. Im Radio Nachrichten.

Du bist aber schick.

Das gehört dazu, sagt sie. Du nimmst Zucker, oder? Hast du alles gefunden?

So ist es.

Heißt das ja? Beides ja?

So ist es.

Gut, sagt Mo, dann nehme ich das mal als ja.

Dann, weil ihr Telefon vibriert: Oh, nein. Meine Schwester.

Sie sieht auf das Display, es ist Sabrina, natürlich. Während sie sie wegdrückt, sieht sie Ruben in die Augen und weiß, dass er nicht anrufen wird, genau wie sie, wenn er anrufen würde, nicht rangehen würde.

Im Radio etwas von verschärften Kontrollen.

Ruben tritt auf die Straße. Es wird heiß heute, noch heißer als gestern. Die Luft ist frisch, sie ist crisp, wie etwas zum Essen, etwas, das knackt, wenn man es bricht, und Krümel macht, die im Bett pieksen. Es riecht nach Sommer.

## 1991

Am liebsten würde sie einfach loslassen, die Hände aus den Taschen seiner Lederjacke ziehen, an den Seiten ihres Körpers hängen lassen, da, wo sie hingehören. Ein paar Zentimeter abrücken von ihm, ein Stück nach hinten auf der Sitzbank, in die Richtung, wo ihr Gepäck seitlich in den beiden Hartschalenkoffern verstaut ist. Würde sie dem Schicksal die Testfrage stellen, um sich zu vergewissern, dass sie noch auf dem richtigen Weg ist. Er fährt schnell, aber auch bei geringerem Tempo würde sie es nicht riskieren, nicht weil sie Angst hätte zu fallen, sondern weil sie im Grunde die Antwort kennt. Sie wird nicht sitzen bleiben, wenn sie ihn loslässt, sie wird sich von ihm lösen, von seinem Körper und von der Sitzbank, der Fahrtwind wird sie mitreißen und, anders kann sie es sich nicht vorstellen, in einem sanften Bogen nach oben tragen, hoch und höher, während sie sich in der Luft dreht und durch das Visier sieht, wie sich die Autobahn durch die goldgelben Felder zieht und er auf dieser Bahn mit seiner Maschine nur ein schwarzer Punkt ist, der immer kleiner wird.

Es ist eine Maschine und kein Motorrad, das ist ihm wichtig, so wie es ihm wichtig ist, dass sie sich an ihm festhält und nicht an der Stange hinten am Gepäckträger.

Er hat ein genaues Bild davon, wie die Dinge zu sein haben, für ihn und überhaupt. Sie hat nur eine Ahnung, und so, wie sie anfangs geahnt hat, dass alles stimmte, ahnt sie jetzt, dass nichts mehr so ist, wie es sein soll, und dass sie nicht mehr hinter ihm sitzen würde in dem Augenblick, in dem sie losließe.

Er beschleunigt, schert aus und wechselt auf die linke Spur, sie ziehen an einem Kombi vorbei, die Rückbank voller Kinder. Der Fahrtwind macht es ihr schwer, den Kopf gerade zu halten, trotzdem kann sie beim Vorbeifahren sehen, wie die Frau am Steuer den Kopf schüttelt.

Bescheuert, denkt die Fahrerin wahrscheinlich, abgesehen davon, dass es unverantwortlich ist, sich in diesem Tempo ohne jegliche Knautschzone von einem rechthaberischen Macho durch die Welt kutschieren zu lassen, ist es auch völlig widersinnig, sich am heißesten Tag des Jahres in eine schwarze Lederjacke zu zwängen.

Sie schwitzt wirklich. Die Luft staut sich in der schwarzen Kluft, und der Rucksack mit den Dingen, die nicht mehr in die Seitenkoffer passten, zieht nach hinten.

Du bist die Richtige, hat er gesagt. Noch nicht gleich am ersten Abend, aber am Morgen danach, also ohne dass sie sich zwischendurch eine Weile nicht gesehen hätten. Das ist sie geblieben, die Richtige, über jeden Streit hinaus und über jeden Zweifel.

Nachdem sie sich gestritten haben, zum ersten Mal, hat er ihr eine Kassette aufgenommen, mit seiner Musik. Es ist ein Softmix, sagte er, ein Kompromiss zwischen dem, was ich mag, und dem, was du magst.

Dann hat er sie angelächelt, mit seinem Jungenlächeln, woraufhin sie ihm einmal mehr verfallen ist, anstatt sich zu fragen, ob ein Kompromiss in Form einer selbst bespielten Kassette mit schwarz angemaltem Etikett wirklich das Beste war, was er zu geben hatte.

Außerdem war der Softmix ganz okay. Es würde nie ihre Musik werden, sie war ihr viel zu laut, zu anstrengend, zu aggressiv, zu wenig Musik. Aber er hatte einen Schritt in ihre Richtung gemacht, und es war hörbar.

Erst ein paar Tage später vermisste sie die aktuelle Favoritenkassette, eine selbst gemachte Aufnahme ihrer Lieblingsstücke aus dem letzten Jahr. Sie hatte sie oft gehört, sie ihm vorgespielt. Jedes Lied hat eine Geschichte, hatte sie ihm erzählt, alles bedeutet etwas.

Ich hatte gerade keine Kassette, sagte er nur, als sie ihn danach fragte, du hast die Stücke ja alle auf Platte.

Das war so ein Moment, der erste von vielen kleinen Augenblicken, in denen sie sich vorstellen konnte, dass sie, wenn sie einen Schritt zurückträte oder auch nur das Gewicht nach hinten verlagerte, den Boden verlassen würde, ihn von oben sähe, er würde den Kopf in den Nacken legen und sie ansehen, würde eine Hand nach ihr ausstrecken, gestreckt halten, auch wenn sie schon gar nicht mehr da wäre.

Im Bett holte er sie zu sich zurück, erdete sie. Wenn er sie berührte, lösten sich alle Fluchtgedanken in Luft auf. Heute Morgen war es wieder so gewesen, alles hat gestimmt. Er hat sie mit Küssen geweckt, danach haben sie beim Packen gefrühstückt, eine kleine Stehgeschichte, hat sie gesagt, und sie haben gelacht, weil es dann wirklich eine geworden war, aber eine andere als geplant. Alles war gut gewesen. Es war nur ein kleiner Moment, der alles verändert hatte, andererseits war es nicht einfach nur ein Moment, sondern noch ein Moment und noch einer, wie etwas, das die ganze Zeit unterhalb des Sichtbaren mit ihnen mitläuft und sich nur ab und zu Bahn bricht und an die Oberfläche dringt.

Trink nicht so viel Kaffee, sagte er, sonst müssen wir unterwegs so oft anhalten.

Da war etwas, das sie runterschlucken musste, damit es nicht mehr im Weg war, bevor sie ihm antworten konnte, so wie sie es wollte, ruhig.

Ich werde nicht mitkommen, sagte sie.

Was hast du?, fragte er, was ist auf einmal los, ich meine es doch nur gut, ich denke nur an das letzte Mal, ich kenne dich doch.

Ich fahre nicht mit, sagte sie noch einmal. Sie zog ihre Jacke an, ging zur Tür, er hielt sie zurück.

Bitte, sagte er, Jette.

Warum?, fragte sie ihn. Du denkst für mich, entscheidest für mich, urteilst für mich, sprichst für mich. Warum gehst du nicht für mich aufs Klo, wenn du schon dabei bist. Es gibt mich doch gar nicht für dich. Warum sollte ich mitkommen?

Weil wir zusammengehören, sagte er, weil du die Richtige bist. Weil ich dich besser kenne als du dich selbst. Weil ich weiß, wer du bist.

*Streetfighter*, auf seinem Helm. Sein Hinterkopf, sein

Nacken, seine Schultern, sein Rücken. Er von hinten, seit bestimmt einer Stunde. Haben sie sich auf der Straße schon gestritten? Streiten sie sich jetzt? Haben sie sich nicht schon im Streit kennengelernt?

Besser kennen, hat sie gefragt, weil du weißt, wie oft ich aufs Klo muss?

Er trat einen Schritt auf sie zu. Nahm ihre Hände.

Ich weiß, dass du bei dem schönen Wetter nicht gerne lange unterwegs bist. Je eher wir ankommen, desto besser, oder?

Seine Lederjacke, zwischen Helm und Jacke ein Baumwollhalstuch mit eingewirkten Lamettafäden, die Sorte Tuch, die sie aus ihrem Kleiderschrank ausgemistet hat, schon Jahre bevor sie ihn kennenlernte, nicht nur weil die Fäden am Hals kratzten, sondern weil ihre Zeit so unwiederbringlich vorbei war.

Ihr könnt euer Zelt irgendwo aufschlagen, sagt der Typ, der ihnen das Eintrittsgeld abnimmt und im Austausch orangefarbene Plastikbänder um die Handgelenke knipst, am See ist noch Platz, da gibt es auch Schatten, es ist nur ein Stückchen zu laufen bis zu den Dixies, das ist der Nachteil.

Kein Nachteil, sagt er, je weiter weg von den Dingern, desto besser.

Der Typ kräuselt seine Mundwinkel, aber er sagt nichts. Rockerspießer, denkt er jetzt, sich über Dixieklos aufregen, selbst in den Wald pinkeln und sich dann beschweren, wenn es stinkt.

Sein T-Shirt ist nass unter seiner Lederjacke. Er legt seinen Helm auf die Sitzbank, streicht sich die Haare zurück, zieht sie an sich und küsst sie, diese Kette von Handlungen eine einzige lange Bewegung, die er ablaufen lassen kann, ohne darüber nachzudenken.

Na, sagt er, gut überstanden?

Er lässt sie los und fängt an, das Zelt aufzubauen, als täte er nie etwas anderes. Der Platz ist schön. Es gibt andere Zelte, etwas weiter weg, er wählt eine Stelle direkt am Waldrand, kein Schatten jetzt, aber später wird die Sonne hinter die Bäume wandern.

Ich bin gleich wieder da, sagt sie. Ich teste mal die Entfernung zu den Toiletten.

Ist gut, sagt er. Wenn du wiederkommst, steht unser Haus.

Patschuliwolken hängen über den Ständen, die Menschen sind so alt wie sie, aber bunter, sie kommt sich zwischen den anderen wie eine Schwarz-Weiß-Ausgabe vor, aber nicht sie stimmt nicht, sondern das Bild, es ist viel zu bunt, fujifarben, am liebsten würde sie mit einer Fernbedienung die Farben regulieren, um weniger aufzufallen.

Ein Mädchen lächelt sie an, eine Frau, korrigiert sie sich, so alt wie sie selbst und auch sie in Jeans und T-Shirt, ohne Rastalocken und Batikhemd. Mädchen, denkt sie, wahrscheinlich denkt sie das von mir auch, ich bin ein Mädchen. Die Frau mustert sie, neugierig, sie tauschen ein Lächeln, dann lässt sich die andere von einer Freundin einhaken und wird weitergezogen, in die Richtung, in der sie die Bühne vermutet, weit weg, am anderen Ende des Geländes.

Die denkt bestimmt, sie sei alleine hier, suche Anschluss, eine graue Maus unter Paradiesvögeln, auch so kann man auffallen, wenn es das ist, was man will.

Will sie gar nicht. Echt nicht.

Das Programm ist nicht wirklich interessant, sie ist nicht wegen der Musik hier, nicht einmal wegen des Sommers, der Sonne, des Sees, sondern, wenn sie ehrlich ist, seinetwegen, einfach deshalb, weil sie nicht Nein gesagt hat.

Wo er ist, da ist auch sie, hinter ihm, immer hinter ihm, und sie klammert sich an ihm fest, damit sie nicht fällt.

Die Toiletten sind schon jetzt in einem finsteren Zustand. Wenn das ganze Wochenende so wird, wie die Klos sind, dann wird es eine Katastrophe. Klorakel, denkt sie. Warum nicht. Andere Leute lesen im Kaffeesatz. So groß ist der Unterschied nicht. Andererseits – wenn wirklich etwas dran ist am Klorakel, dann spricht doch alles dafür, in den Wald zu pinkeln und weiterzuziehen, bevor es anfängt zu stinken.

Fließendes Wasser gibt es in der Halle, vor der die Klos aufgebaut sind, Trinkwasser zum Zapfen und einige Waschstellen, die mit Vorhängen voneinander abgetrennt sind. Ansonsten ist die Halle fast leer, nur etwas Gerümpel liegt herum.

Im Areal hinter der Halle noch mehr Stände, an denen Schmuck verkauft wird, Räucherwerk, Traumfänger, buntes Zeugs, für das sie sich noch nie interessiert hat. In einem umgebauten Wohnwagen wird indisches Essen verkauft, der Duft zieht ihr in die Nase und überzeugt sie mehr als der Anblick der ausgegebenen Portionen, aber sie hat Hunger und stellt sich an. Sonst ist er derjenige, der füttert, immer hat er Proviant dabei, zwei Äpfel, eine Tafel Schokolade, ein Brot und ein großes Stück Käse, von dem er mit seinem Taschenmesser dicke unregelmäßige Scheiben abschneidet, grundsätzlich auf sich zu statt von sich weg, sodass sie jedes Mal denkt, jetzt schneidet er sich. Sie nimmt zwei Portionen, bekommt heiße Fladen dazu, der Reis ist gelb, die Teller kann man mitessen, wenn man das mag, an den heißen fettigen Fladen verbrennt sie sich die Finger. Die beiden Biere klemmt sie sich mit dem Arm vor den Bauch, der Kontrast von eisgekühltem Bier und heißen Fladen ist irritierend, schwer zu sagen, was heiß ist und was kalt.

Da, wo vorher nur ihre Sachen lagen, ist eine ganze Siedlung aus dem Boden gewachsen. Rechts und links an der Baumkante haben andere sich ausgebreitet, Nachbarn, sie hämmern mit Steinen die Zeltnägel in den Boden und schleppen Bierkisten aus den Autos, die sie auf dem Parkplatz außerhalb des Geländes stehen lassen mussten.

Er hält sich den kalten Becher an die Stirn, bevor er ihn gegen ihren stößt, über das Bier freut er sich mehr als über das Essen, was ist das, fragt er skeptisch, nachdem er den ersten Bissen heruntergeschluckt hat.

Es ist stickig im Zelt, warm und hell, und wenn nicht die Geräusche von draußen zu hören wären, könnte sie sich der Illusion hingeben, sie wären alleine. Als sie sich küssen, hat sie das Gefühl, die anderen seien viel näher als er, obwohl er mit ihr im Zelt ist und die anderen draußen.

Entspann dich, sagt er, und sie gibt sich Mühe, aber dabei fragt sie sich, ob es wirklich sie ist, die er sieht, oder ob er nicht an der Stelle, wo sie sein müsste, etwas anderes sieht, etwas, das nicht sie ist, sondern sein Bild von ihr oder davon, was sie am besten wäre.

Und dann, als sie schon wieder fliegt, sieht auch sie nicht nur ihn, sondern ihn mit einem Teil von sich, den sie bei ihm zurücklassen muss.

Am Ufer zwischen dem Schilf gibt es eine flache, erdige Stelle, an der man gut einsteigen kann, ein Stück weiter sehen sie einen Brettersteg, der von einer größeren Clique belagert wird.

Er ist schon im Wasser, bevor sie ihren großen Zeh hineingestreckt hat. Er taucht unter, bleibt verschwunden, kommt wieder an die Wasseroberfläche, wo sie ihn nicht erwartet hat, in Richtung der anderen, der anderen Richtung, als sie gewählt hätte.

Komm rein, ruft er, und als sie ihren Bikini anziehen will, lacht er. Den brauchst du hier nicht, ruft er. Komm so, wie du bist.

Sie zögert, weil sie nicht genau weiß, ob sie so ist, wie sie sein will, aber dann steigt sie ins Wasser, nackt wie er.

Es ist braun von vermoderten Blättern und so trübe, dass man nicht auf den Grund sehen kann, abgebrochene Schilfhalme staksen aus dem Wasser, am Uferrand haben sich Zweige gesammelt. Es sind weniger die Blicke der anderen Leute – einige auf dem Steg sehen herüber, einige sind im Wasser, und ein paar Meter rechts von ihnen lagert eine weitere Gruppe – als das Wasser selbst, das ihr das Gefühl gibt, zu nackt zu sein, als es ungehindert ihren Körper umspült und ihre Haut sich durch die Kälte zusammenzieht wie ein Panzer. Sie schwimmt ein paar Züge, taucht mit dem Kopf unter, ohne die Augen zu öffnen, und kommt zurück an die Oberfläche. Es ist auch noch etwas anderes, etwas, auf das sie jetzt, wo alles gerade wieder in Ordnung ist, keine Lust hat. Es ist normal für ihn, alles, was er tut, auch nackt zu tun, als sei das tatsächlich der Urzustand aller Menschen und er näher dran am Normalen als die anderen, die angezogen sind. Nackt geht er durch seine Wohnung, nackt macht er das Frühstück, nackt macht er die Fenster auf, und nackt spielt er Gitarre, während sie bis zum Hals unter der Decke liegt, zum Schutz nicht gegen die Kälte, sondern gegen den Rest der Welt.

Bist du vielleicht ein ganz kleines bisschen prüde?, hat er gefragt, nett war das gewesen, und noch ganz am Anfang, vor ihrem ersten Streit, weil sie sich im Badezimmer anziehen wollte, statt zu riskieren, seinem Mitbewohner nackt im Flur zu begegnen.

Bis du vielleicht ein ganz klein wenig exhibitionistisch, hat sie erwidert, ist es vielleicht so rum?

Sie lachten beide, aber das Thema blieb im Raum. Sie wusste, dass er, wenn sie im Bett lagen und der Mitbewohner an die Tür klopfte, um die Kaffeekanne zu holen oder zu fragen, ob sie mit ins Kino kämen, nicht nur Herein sagte wegen der Kaffeekanne oder des Kinos, sondern immer auch ein bisschen, um sie zu ärgern.

Sie sieht ihn an, wie er da liegt, auf dem Handtuch, die Augen geschlossen. Sie sieht ihn gerne an, er ist schön, er ist ein Arschloch, er ist ein schönes Arschloch. Vielleicht sind sie gar nicht so verschieden, wie es sich anfühlt. Vielleicht ist seine Haut, genau wie ihre eigene, eine Membran, eine Fläche, durch die die anderen zu ihm durchdringen können. Nur dass er es, im Gegensatz zu ihr, genießen kann. Und dass er, im Gegensatz zu ihr, es nicht dabei belassen kann, dass sie anders ist als er. Er öffnet die Augen und sieht sie an.

Jette, sagt er.

Ja, sagt sie.

Sie ist kleiner und stärker als vor dem Schwimmen. Ihre Haut ist ganz fest und riecht ein bisschen nach dem See.

Ich baue uns einen, verkündet er.

So nennt er es immer, einen bauen, als sei das Zusammenkleben dreier Blättchen eine architektonische Meisterleistung und als gäbe es nichts anderes, das zählenswert wäre.

Sie ist nicht sonderlich erpicht darauf zu kiffen. Aber danebenzusitzen, wenn alle anderen bekifft sind, ist noch langweiliger, deshalb zieht sie ab und zu daran, wenn ihr ein Joint gereicht wird.

Spielverderber, sagt er.

Sie sagt nichts dazu, legt sich auf die andere Seite, stützt ihren Arm auf und sieht zum Nachbarzelt, vor dem Bierflaschen geköpft werden.

Pärchenscheiße, denken die, warum bleiben die nicht zu Hause, wenn sie zu zweit sein wollen.

Wenn du stoned bist, kannst du das Gras wachsen hören, sagt er.

Ja, sagt sie. Will ich aber nicht.

Warum nicht?, fragt er.

Es verschiebt die Dinge, sagt sie. Manches wird zu groß, manches zu klein, und das meiste kommt zu nah ran.

So wie ich?, fragt er.

Nein, sagt sie. Nicht du. Das bist nicht mehr du, das bin dann nur noch ich.

Er fängt an zu lachen.

Und weißt du auch warum, sagt er, weil mir das zu anstrengend ist.

Und weißt du, was mir das ist, sagt sie leise, mir ist das zu doof.

Was sagst du?

Zu doof, sagt sie. Mir. Ist das.

Du redest immer so leise, sagt er. Du redest so leise, da kann man dich ja gar nicht verstehen.

Ich will, dass du mir zuhörst, weil du wissen willst, was ich sage, nicht, weil ich laut rede.

Er drückt den Stummel im Gras aus und steht auf.
Mach doch nicht schon wieder so einen Stress, sagt er.

Die Musiker auf der Bühne scheinen sich vorgenommen zu haben, gegeneinander zu spielen statt miteinander. Sie würde gerne hinten am Rand stehen bleiben und sich die Leute ansehen, er will ganz nach vorne an den Bühnenrand. Die verschwitzten Körper, die sich aneinanderdrängen, machen ihm nichts aus, im Gegenteil, es scheint ihm zu gefallen, in einem größeren Ganzen aufzugehen, selbst wenn es nur eine dumpfe Masse ist, die zugedröhnt immer weiter in die Richtung drängt, aus der der Krach kommt.

Komm schon, sagt er, das macht Spaß.

Geh du, ich bleibe hier hinten.

Was sagst du?

Sie hebt die Hand und winkt. Dreht sich um und stellt sich in der erstbesten Schlange an für ein Bier. Vor ihr steht die Frau von vorhin. Die lächelt und denkt, sie hat eine beschissene Kackbeziehung und braucht jetzt Trost, weil sie sich mit ihrem Freund nicht mehr versteht, weil sie gar nicht mehr weiß, warum sie überhaupt mit ihm zusammen ist.

Die Frau steht so dicht neben ihr, als wären sie zusammen hergekommen. Sie hat einen Joint in der Hand, reicht ihn ihr, und jetzt will Jette, als wäre es nicht der Joint, den sie vorhin abgelehnt hat, sondern ihn, so wie sie jetzt das Gefühl hat, zum ersten Mal an diesem Tag wahrgenommen zu werden, wahr im Sinne von Gegensatz zu falsch, aber es ist doch nur eine normale Zigarette.

Sie zieht, hält den Atem an und behält den Rauch in ihrer Lunge, als sei es doch etwas anderes als Tabakrauch, bevor sie ihn zum Himmel ausstößt wie einen Seufzer, den man sehen kann.

Stress, sagt die Frau. Es ist keine Frage, trotzdem antwortet sie mit einem Nicken.

Wie lange seid ihr zusammen?, fragt die andere.

Ein Jahr erst, sagt sie, aber ich weiß schon nicht mehr, wie es vorher war.

Warum ist das wichtig?, fragt die andere und nimmt, als sie merkt, dass sie ihre Zigarette nicht wiederbekommen wird, eine neue aus der Packung.

Weil ich wissen möchte, wer ich war.

Aber warum ist das wichtig?, fragt die andere wieder. Es geht doch darum, wer du bist, und nicht, wer du warst.

Sie sagt nichts. Die Frau macht eine Pause, bevor sie weiterspricht.

Außerdem … so wie vorher wird es sowieso nicht wieder, wenn es vorbei ist. Wieder so wie vorher gibt es nicht. Nie.

Ein paar schräge Abschiedsklänge, das ist alles, und einen Moment ist es so still, dass sie es in ihren Ohren fiepen hören kann. Dann wird umgestellt auf Lautsprecherbeschallung. Die drängelnde Meute wechselt die Richtung und strömt ihr entgegen zu den Getränkeständen, bis auf einige, die während der Pause die Stellung halten und sich auf das zertrampelte Gras setzen.

Er ist nicht zu sehen. Sie dreht eine Runde vor der

Bühne, verschwitzte Gesichter nach der Ekstase. Sie findet ihn nicht und läuft durch die Menge zurück zum Bierstand, sie ist mit der Frau eigentlich noch mitten im Gespräch, nur dadurch unterbrochen, dass die andere zu den Dixieklos wollte, und sie wollte die Chance der Pause nutzen, um ihm zu sagen, wo er sie finden kann. Sie kauft noch zwei Becher Bier und denkt, wer zuerst kommt, bekommt es. Als sie ihr Bier ausgetrunken hat, stellt sie den vollen Becher in den leeren und geht die von Ständen gesäumte Hauptroute zurück in Richtung Halle.

Um sie drängen sich Menschen mit gehäkelten Hosen und Dreadlocks. Als trügen sie alle Kostüme, mit kleinen aufgenähten Spiegeln, um sich gegenseitig zu multiplizieren, anders zu sein, aber so viele, dass das andere das Eigentliche wird und umgekehrt. Nur, dass jetzt in der Dämmerung die Farben heruntergedreht sind und sie selbst in dem ganzen Farbenmeer nicht mehr so auffällt, weil alle grau sind.

Aus der Ferne hört sie, wie die nächste Band angekündigt wird. Sie übertritt die Schwelle zur Halle, und die Musik setzt wieder ein. Sie erkennt an den ersten Takten das Stück, eins auf der schwarz bemalten Versöhnungskassette, eine Versöhnung, schlimmer als der Streit selbst, und hinterher hatte sie gewusst, alles war nur eine Frage der Zeit.

Es ist seltsam, nach einem Sommertag draußen auf einmal wieder drinnen zu sein, die Luft ist dicht, kompakt, fest, so dick, als könnte man sie schneiden. Und es ist nicht nur die Musik von draußen, die sie hört, wie sie jetzt merkt, als sich ihre Augen an die schwache Beleuchtung gewöhnt haben, sondern es ist noch etwas anderes. Die eigentliche Quelle des Krachs, der lauter wird mit jedem Schritt, den sie macht, ist hier.

Die Halle ist leer, bis auf einige alte Maschinen, die verstaubt in der Mitte stehen, ein kaputter Trecker, ein Anhänger, ein Autowrack. Daneben alte Fässer, Bretter, Gerümpel.

Sie sind zu dritt, halten Eisenstangen in den Händen und schlagen auf die Dinge ein. Einer schlägt auf das Autodach, einer auf ein altes Ölfass. Schlag auf Schlag auf Schlag. Die Folge wiederholt sich, jetzt kommen die Schläge, die Pausen zwischen ihnen, und sie nickt den Takt, während sie durch die Halle geht. Je nach Standort scheint sich der Rhythmus zu verschieben, ein anderer Schlag zu beginnen, den Takt anzugeben. Vor einer Stange, die auf dem Boden liegt, bleibt sie stehen. Die Stange ist nicht besonders dick, sie ist leicht gebogen, und sie sieht aus, als sei sie ein Teil eines Zauns gewesen. Sie stellt ihr Bier auf den Boden und hebt die Stange hoch, prüft ihr Gewicht, dann sieht sie sich um, auf der Suche nach einem geeigneten Resonanzkörper. Schlägt ein paar Mal gegen die Wand, gegen einen Autoreifen, auf eine Holzkiste, bis sie schließlich vor einem Stahlträger stehen bleibt. Er steht wie eine Säule in der Mitte der Halle, oben das Dach. Sie sieht nach oben, holt Schwung und schmettert die Stange gegen den Träger. Der Ton kommt tief und überzeugend, wärmer, als sie erwartet hat. Sie hört ihm nach, holt erneut aus und schlägt noch einmal, hört und schlägt und hört auf den Krach, den sie macht, der eigentlich kein Krach ist, sondern ein Klang, der sich vor die anderen stellt, die ihm folgen, in ihrer Reihe, wie ein vielstimmiges Echo.

Per hat gesagt, es sei kein Zufall, dass sie sich getroffen haben. Woran glaubst du, hatte Anna gefragt, und Per antwortete, er glaube an gar nichts, auch an den Zufall nicht, und daher könne es für ihn auch kein Zufall sein.

Sag doch mal, woran du glaubst, und nicht, woran du nicht glaubst, hatte Anna gesagt, und Per sagte, er glaube an sie, er glaube an sich selbst, und dann glaube er noch an ein paar andere Dinge, die aber alle gerade nicht wichtig seien.

Gerade, fragte Anna daraufhin, wie lange dauert das bei dir? Und Per antwortete, das sei ja gerade das Schöne an gerade, es höre eigentlich nie auf.

So ist es immer mit Per. Er sagt die romantischsten Sachen, ohne dabei wirklich etwas zu sagen, deshalb enden solche Gespräche zwischen ihnen auch meistens in nonverbaler Kommunikation.

Anna wacht auf und denkt seinen Namen. Sie denkt sein Gesicht, seine Augen, die sie ansehen, und seine Lippen, die jedes Mal, wenn die Augen das tun, zu einem Lächeln werden. Sie denkt das Bild, das sie zuletzt von ihm gespeichert hat, wie er sich, nachdem sie sich verabschiedet haben, ohne stehen zu bleiben, noch einmal nach ihr umdreht, die gegenläufigen Richtungen seiner Schritte und seines Blickes, als würde er sich nach zwei Seiten gleichzeitig ausdehnen, über die Grenzen seines Körpers hinaus. Sie denkt den Text seiner letzten SMS von gestern Nacht. Sie denkt, heute können sie sich sehen, und wird wach.

Anna stößt das Fenster auf und lässt die Welt in ihr Zimmer. Die beiden Ringeltauben in der Kastanie vor ihrem Fenster recken ihre Hälse mit den dekorativen Flecken, die trotz des Namens keinen Ringel bilden, sondern seitliche weiße Tupfer sind, die in der Mitte nicht zusammenfinden und aussehen wie Kiemen. Wie jedes Mal fragt Anna sich, ob sie zu ihr in die Wohnung sehen können, ob sie sehen, dass sich hinter der Scheibe etwas bewegt, erstarrt und sich dann vorsichtig weiterbewegt, um sie nicht zu erschrecken. Zwischen den beiden kann Anna nicht unterscheiden, wer wer ist, er könnte sie sein, sie könnte er sein, und dass es die beiden sind und keine anderen, erkennt sie nur daran, dass sie jedes Jahr an diesen Ort zurückkommen.

Wann kommst du?, schreibt sie ihm in ihr Telefon.

Es ist noch früh und jetzt schon zu warm, es wird ein heißer Tag. Er wird sie abholen, sie werden sich in einem Park auf eine Decke legen und lesen. Schwimmen gehen. In Cafés sitzen und kalten Kaffee trinken. Hand in Hand durch die Straßen schlendern und Eis essen. Tun, was man so tut. Was die anderen tun. Ein Paar wie alle anderen, sie werden die Köpfe zusammenstecken und turteln, und dann werden sie zurückgehen in ihre Wohnung, weil sie allein sein wollen.

Nach dem Duschen noch keine Antwort von ihm, Anna macht das Bett, Anna wäscht das Geschirr, Anna liest die Texte für übermorgen, Anna macht sich Notizen, Anna bringt den Müll runter. Anna tritt in die warme Luft im Hof, aus den offenen Fenstern Küchengeräusche, klappernde Töpfe, Musik, ein weinendes Kind. Der Behälter für den Papiermüll ist schon wieder voll, Anna stopft von oben nach, der Deckel schließt nicht richtig, aber es wird nicht regnen. Auf dem Weg zurück nach oben im Treppenhaus Tobias, mit Sonnenbrille im Haar.

Hallo Anna, sagt Tobias.

Hi, sagt sie.

Tobias nimmt seinen Rucksack von der einen Schulter und wirft ihn über die andere.

Geiles Wetter.

Ja, sagt Anna.

Ich fahre gleich raus, sagt Tobias. An einen See. Stilles Plätzchen suchen und ein bisschen abtauchen.

Schön, sagt Anna.

Lust? Tobias sieht sie an, dann sieht er auf die Spitze seines Turnschuhs und reibt mit der Sohle des anderen Schuhs einen unsichtbaren Fleck vom blauen Kunstleder.

Ein andermal, sagt Anna, gerne. Kann heute nicht.

Vielleicht morgen, sagt Tobias. Oder übermorgen.

Ja, vielleicht, sagt Anna. Wir sehen uns.

Sie nimmt den leeren Papierkorb unter den Arm und steigt, immer zwei Stufen auf einmal nehmend, die Treppe weiter nach oben. Keine Nachrichten. Anna setzt sich auf das Fensterbrett ans offene Fenster und raucht eine Zigarette.

Neulich hat Per erzählt, dass er an manchen Tagen aufwacht und das Gefühl hat, dass er alles tun könnte, eigentlich sogar alles tun müsste, dass alles, wirklich alles ginge, aber diese Tage vergehen, ohne dass er am Ende irgendetwas getan hätte, irgendetwas Relevantes jedenfalls, und dass er Angst habe, dass sich diese Tage aneinanderreihen und am Ende sein Leben waren.

Was heißt alles?, fragte Anna, und Per antwortete, alles ist die Summe von etwas, das Gegenteil von nichts.

Ihr Telefon zirpt, um die Ankunft einer SMS zu signalisieren. Mach die Tür auf, schreibt er. Er steht schon im Türrahmen vor ihr, nur wenige Zentimeter entfernt, der kurze Moment verdichteter Vorfreude, bevor sie einander in die Arme fallen.

Wie lange kannst du bleiben?, fragt Anna und legt das Kopfkissen auf seinen Bauch. Per streicht ihr mit dem Finger über die Lippen.

Sie sieht ihn an, die Stoppeln an seinem Kinn und die kleinen Fältchen, die beweisen, dass er lachen kann, dann dreht sie sich auf den Rücken und sieht hoch, die Decke, der Stuck, der von den verschiedenen Farbschichten seine

Konturen verloren hat, der Wasserfleck, die rauen Wände, das offene Fenster. Der senffarbene Kachelofen, der jeden Sommer wirkt wie ein Möbelstück, das man nie wieder brauchen wird, weil man sich nicht vorstellen kann, dass es jemals eine andere Jahreszeit gegeben hat oder geben könnte.

Es ist heiß, sagt sie.

Es ist heiß, und wir können nicht raus.

Warum eigentlich nicht?, fragt sie.

Wir kommen von einem anderen Planeten, sagt Per. Wir sind gerade gelandet. Jetzt trauen wir uns nicht unter die Leute. Wir müssen auf Anweisungen warten, um zu wissen, wie wir uns unauffällig verhalten. Anweisungen von oben. Damit sie uns nicht entdecken.

Warum dürfen sie uns nicht entdecken?

Sie haben Angst.

Vor uns?

Vor allem, was anders ist als sie.

Sehen wir anders aus?

Vielleicht, sagt Per. Was meinst du?

Grün, sagt Anna. Mit kleinen grünen Hörnern auf dem Kopf. Oder Antennen. Mit etwas eckig wirkendem Gang.

Oder einäugig, sagt Per. Ohne Blut. Aus Gallertmasse.

Per bewegt die Arme ruckartig, ohne die Ellenbogengelenke zu beugen. Anna lacht.

Aber nein, dann müssen sie ja Angst kriegen, sagt Per. Dezenter, viel dezenter. Normal, jedenfalls auf den ersten Blick. Nur ein leichter Grünstich. Und ohne Blut, das ist okay, das sieht man ja nicht.

Anna legt ihre Hand auf seine Taille und drückt, prüfend.

Und woran erkennen wir uns?, fragt sie. Woran haben wir uns erkannt?

Am Geruch, schlägt er vor.

Kann man sich am Geruch erkennen, fragt sie, kann man sich am Geruch nicht nur wiedererkennen?

Marsweibchen, sagt er, drückt seine Nase an ihren Hals und beißt, spielerisch. Sie ist kitzelig an dieser Stelle, aber sie erinnert ihn nicht daran, denn wenn sie ihm das sagt, tut er es erst recht.

Anna öffnet die Augen, und ihr Blick fällt auf seine Hose, die auf dem Boden liegt, seine Turnschuhe, deren drei weiße Streifen nichts aussagen, außer dass sie jede Aussage verweigern, sein Hemd, und sie weiß, dass er da ist.

Sie kennt nur diese Dinge, die dunkle Hose, die er immer trägt, die einfarbigen Hemden, die er anzieht, ohne sie zu bügeln, die T-Shirts, die Turnschuhe. Sie kennt seine Tasche mit dem aufgestickten Logo eines zappelnden Männchens, sie kennt sein Telefon, das noch nie im richtigen Moment geklingelt hat, sie kennt seinen Laptop, den er immer dabeihat, aber nie anschaltet, wenn sie zusammen sind, obwohl sie ihn schon gebeten hat, ihr zu zeigen, woran er arbeitet, es ist noch nicht fertig, sagt er, es ist mitten im Prozess.

Sie kennt sonst nichts von ihm aus eigener Erfahrung, sie kennt seine Dinge nicht, nur seine Erzählungen von der Wohnung, die jetzt schon viel zu eng ist, von den Sachen, die er hat und die ihn ausmachen, und natürlich von ihr.

Luftleerer Raum, denkt sie, sie treffen sich in ihrer Wohnung, als gäbe es keine Welt da draußen. Es gibt keine Zeugen, sie hat keine Beweise dafür, dass es ihn wirklich gibt. Sie kennt seine Welt aus seinen Erzählungen, aber es sind nur Worte, ihre Bilder sind die Bilder zu seinen Worten, Worte, für die es andere Bilder gibt, echtere Bilder, die sie niemals sehen wird.

Sie dreht den Kopf und sieht ihn an.

Er bewegt sich im Schlaf, seine Augenlider zucken, aber er wacht nicht auf.

Wer bist du eigentlich.

Und obwohl er schläft, meint sie, eine Antwort zu hören, sag du es mir, und sie fragt sich, warum, wenn es um alles geht, eigentlich nichts passiert.

Die Sonne steht schon tief, als Anna wach wird, das Zimmer ist in warmes Licht getaucht.

Ich habe geträumt, wir wären auf dem Mars, sagt Per.

Wenn wir vom Mars kommen, sagt sie, dann sind wir wahrscheinlich diejenigen, die Angst haben.

Warum glaubst du das?

Stell dir vor, wir wüssten nicht, was wir tun. Ich meine sie. Wenn wir sie beobachten würden, ohne irgendein Vorwissen.

Wen beobachten?

Na, die anderen. Alle.

Gibt es das, alle?

Gefühlt schon, sagt sie.

Stell dir vor, alle machen dasselbe. Auf einmal.

Ein Flashmob.

Größer, sagt er, viel größer.

Global?

Im besten Fall schon. Zumindest in die Richtung.

Das klappt nie.

Aber es wäre toll, sagt Per. Stell dir mal vor, alle würden keine Kinder mehr kriegen. Der große Fortpflanzungsboykott. Es heißt doch immer, man soll aufhören, wenn es am schönsten ist. Eine große Feier und kein Abwasch danach.

Aber auch keine niedlichen kleinen Krankenschwestern, die dir deinen senilen Arsch abwischen, sagt Anna.

Per lacht.

Außerdem, sagt Anna, würden fast alle doch nicht reichen in diesem Fall. Es müssten wirklich alle sein.

Du hast recht, sagt er. Vielleicht ist es zu drastisch. Warte, ich habe eine positivere Version. Stell dir vor, alle lassen die Autos stehen. Schaffen sie ab. Eine Prämie gibt es nur, wenn man sich kein Auto kauft. Und die, die nie eins hatten, bekommen das Doppelte. Es gibt keine Autos mehr. Wie sauber es überall wäre. Und die ganzen Verkehrstoten fallen weg. Stell dir mal vor, es ist total ruhig. Überall.

Anna schüttelt den Kopf.

Und wie kommen wir dann irgendwohin?

Das ist das Beste daran, sagt er. Das müssten wir dann nicht mehr. Und stell dir vor, alle Raucher hören auf. Und die Zigarettenbarone bleiben auf ihrem Tabak sitzen. Kein sanftes Ausklingen, einfach Schluss. Alle auf einmal.

Schaffe ich nicht, sagt sie.

Klar, sagt er. Wärst du nicht neugierig, was passieren würde? Stell dir vor, alle Menschen hören auf, Fleisch zu essen. Einfach so.

Mir nichts, dir nichts.

Genau.

Wie willst du alle erreichen?, fragt sie.

Daran muss ich noch arbeiten.

Vielleicht muss man doch mit fast allen anfangen, sagt sie. Wenn zum Beispiel die Zivis verweigern würden. Ein Jahrgang. Ein kompletter Jahrgang. Das würde reichen, um unser Pflegesystem durcheinanderzubringen.

Das ist gut, sagt Per.

Aber das könnte man falsch verstehen, sagt sie. Und gar nicht merken, dass es ein Streik ist. Es müssten doch alle sein.

Was für eine Macht. Und sie wissen es nicht.

Weil es nicht ihre ist, sagt sie. Sondern die Macht aller. Und alle gibt es ja nicht.

Stell dir mal vor, alle würden nach ihrer sozialen Funktion beurteilt und nicht nach ihrer Leistung. Angefangen in der Schule. Es gibt doch in jeder Klasse einen, der sich traut, Dinge anzusprechen. Und einen Kasper, der die anderen zum Lachen bringt. Und einen, der immer Süßigkeiten dabeihat und den anderen etwas abgibt. Und so weiter.

Du meinst, Rolle statt Leistung?

Genau, sagt Per. Oder sogar Rolle als Leistung. Statt ihm zu sagen, du kannst Mathe vergessen, das wird nie was, könnte man ihm sagen, super, du bringst die anderen zum Lachen, das ist wichtig und wird gebraucht.

Es können mehr Leute andere zum Lachen bringen als Mathe, sagt sie.

Da bin ich mir nicht sicher, sagt Per. Andere zum Lachen bringen ist ein harter Job.

Und du meinst, trotzdem Mathe unterrichten? Alle Fächer beibehalten und nur das Bewertungssystem umstellen?

Würde fürs Erste reichen.

Ihr fällt ein, wie sie einmal die Zeit vergessen hatten, in ihrer ersten Woche. Wie er nachmittags zur Tür hereingekommen war und es nur fünf Minuten später schon nach Mitternacht gewesen war. Wie er gesagt hatte, in der Tür, mit dem einen Arm in der Jacke, fürs Erste müsse das reichen, und sie erwidert hatte, das täte es aber leider nicht, nicht mal fürs Erste, und er gesagt hatte, ihm reiche es auch nicht, überhaupt nicht, und er komme morgen wieder, und, nach einem Blick auf seine Uhr, sich verbessert hatte, heute, heute schon käme er wieder.

Per, sagt Anna.

Ja?

Nichts, sagt Anna, ich wollte nur noch einmal deinen Namen sagen. Um sicher zu sein, dass du wirklich hier bist.

Natürlich bin ich hier, wo sollte ich denn sonst sein.

Sehr witzig, sagt Anna. Bei deiner schwangeren Frau vielleicht?

Per streicht ihr über den Hals.

Ich hatte sie gerade vergessen. Ich hatte alles vergessen, außer dir.

Bis ich deinen Namen sagte.

Bis du mich an Alexandra erinnert hast. Übrigens. Wir sind nicht verheiratet.

Schwanger ist schlimmer als verheiratet, sagt sie.

Wieso?

Weil man noch jemanden mit reinzieht.

Ich ziehe jetzt erst mal dich mit rein, sagt Per und legt seine Arme um sie.

Früher haben wir immer *Spiel des Lebens* gespielt, sagt Per. Kennst du das?

Haben wir auch gespielt, als ich klein war.

Wir haben es noch später gespielt, sagt Per, da war ich nicht mehr ganz so klein.

Per nimmt den Ledergürtel, der über der Stuhllehne hängt, und dreht ihn zu einer Schnecke zusammen.

Das Gemeine an dem Spiel ist, dass alles sich schon am Anfang entscheidet, sagt er. Erinnerst du dich? Du drehst an einer Art Glücksrad. Das ist der Würfel. Du hast nur einen Versuch. Dann bleibst du der, der du bist. Und dann musst du damit leben, was du geworden bist. Keine Chance auf Veränderung. Das ganze Spiel über.

Gab es da nicht solche kleinen Autos? Als Spielsteine?

Genau.

Und mit kleinen hellblauen und rosa Steckern für die Passagiere, ergänzt sie.

Richtig. Und du konntest nicht umdrehen. Du musstest immer weiterfahren und hast das bekommen, was dir das Glücksrad am Anfang beschieden hat. Im Grunde hast du schon verloren, wenn das Rad an der falschen Stelle stehen bleibt. Dann brauchst du gar nicht weiterzuspielen.

Ich fand das nicht so schlimm, sagt sie.

Vielleicht hast du nie verloren.

Doch, andauernd.

Ich würde gerne etwas Großes machen. Etwas, das relevant ist. Aber ich bin immer zu spät. Alles, was mir einfällt, gibt es schon.

Per dreht den Gürtel wieder auf und verbindet die Enden mit der Schnalle so, dass ein in sich verdrehtes Gebilde entsteht.

Das haben zwei Menschen gleichzeitig entdeckt, sagt er, wenn man das so sagen kann. Seltsam, oder? Es geht in sich selbst über. Nur eine Kante und eine Fläche. Die DNA haben auch zwei Menschen gleichzeitig entdeckt. Vielleicht waren es noch viel mehr, die dann nur ganz knapp zu spät kamen mit ihrer Entdeckung. Vielleicht ist es gar nicht so, dass die Dinge entdeckt werden, vielleicht sind es die Dinge, die sich irgendwann so in den Vordergrund spielen, dass man sie nicht mehr übersehen kann.

Du meinst, die Dinge wollen erfunden werden?

Gefunden, sagt Per.

Anna sieht ihn skeptisch an.

Per lacht.

Mir geht's gut, sagt er. Ich sehe ganz klar.

Was willst du mir damit sagen?, fragt Anna.

Neu, sagt Per. Das ist die Herausforderung. Man muss versuchen, neu zu denken. Von vorne. Als wäre da noch nichts. Vergiss alles. Und dann fang noch mal an.

Pers Telefon klingelt. Er sieht Anna in die Augen, während er es sich ans Ohr hält. Schatz, sagt er. Anna wendet den Blick nicht ab. Per steht auf und geht zum Fenster. Ja, sagt er ins Telefon und, das ist doch gut, und noch ein paar Mal ja, bevor er sich verabschiedet. Ich versuche es, sagt er, ja, dann bin ich auf jeden Fall da. Per klappt das Telefon zu.

Entschuldige, sagt er.

Was soll ich entschuldigen?, fragt Anna.

Per hält sein Telefon hoch, schüttelt es in der Luft, dann legt er es auf den Tisch.

Dass du telefoniert hast oder was du zu ihr gesagt hast?

Die Situation, sagt Per. Das Ganze.

Wie soll ich das entschuldigen?, fragt Anna. Das Ganze. Ich kenne ja gar nichts anderes von dir. Wenn ich darüber hinwegsehe, was bleibt dann noch übrig.

Anna, sagt Per. Lass uns nicht von ihr die kurze Zeit stehlen lassen, die wir haben.

Es ist zu einfach, ihr die Schuld zu geben, wenn wir uns streiten. Sie ist doch gar nicht hier.

Streiten wir uns?

Wir sind kurz davor, sagt Anna. Denk dir schnell etwas aus, wie du es wiedergutmachen kannst.

Okay. Was würde denn helfen?

Vielleicht etwas, was wir sonst nicht tun. Wir gehen raus.

Das geht nicht, sagt Per. Nicht hier.

Okay, dann etwas anderes, sagt Anna. Ich darf dir unbequeme Fragen stellen, und du musst antworten.

Ich habe etwas zu essen mitgebracht. Soll ich uns etwas kochen?

Ich habe keinen Hunger, sagt Anna, erzähl mir von ihr.

Ich glaube nicht, dass das eine gute Idee ist.

Erzähl.

Lass uns in die Küche gehen, sagt Per. Ich mache etwas zu essen. Dabei erzähle ich.

Durch das offene Küchenfenster dringen Hofgeräusche. Anna setzt sich auf die Fensterbank, lehnt sich an die eine Wand und stemmt ihre nackten Füße gegen die andere. Per hält einen Topf hoch. Ist das der größte?

Anna nickt. Was gibt es?, fragt sie.

Rucola, sagt er.

Salat?

Kalte Pasta in italienischen Farben, sagt er, während er Wasser in den Topf laufen lässt. Rucola, Tomaten, Mozzarella. Per bewegt sich in ihrer Küche, als gehörte er da hin. Findet ein Brett, ein Sieb, ein Messer. Klemmt sich ein Küchenhandtuch in den Bund seiner Hose und pfeift leise, während er den Knoblauch schält.

Erzähl, wiederholt Anna.

Sie war mit einem anderen zusammen.

Per wartet darauf, dass Anna etwas sagt, aber sie legt den Kopf auf die angewinkelten Knie und sieht ihn an.

Wir mussten uns heimlich treffen. Sie hat immer gesagt, sie kann ihn nicht verlassen. Hast du eine Salatschleuder?

Anna schüttelt den Kopf.

Per verpackt den gewaschenen Rucola in ein frisches Küchenhandtuch und trocknet ihn vorsichtig ab, bevor er mit einer gegenläufigen Drehung beider Hände die Blätter zerteilt.

Wir waren am anderen Ende der Stadt, als wir ihm in die Arme liefen, und sie war so ertappt, dass wir gar nichts zu sagen brauchten, er wusste sofort Bescheid. Aber vielleicht wollte sie genau das.

Hast du sie mal gefragt?

Nein, sagt Per und schüttet die Tortiglioni in das kochende Wasser.

Anna steht auf, holt sich eine Zigarette aus der Packung, die auf dem Küchenbüfett liegt, setzt sich wieder ins offene Fenster.

Danach war es ziemlich schlimm.

Und dann?

Lass mich mal ziehen. Per nimmt einen Zug von Annas Zigarette. Gibt sie ihr zurück und streicht über ihr nacktes Bein, bevor er sich wieder dem Herd zuwendet.

Dann hat sie erfahren, dass der Typ mit einer anderen zusammen war.

Anna ascht aus dem Fenster.

Es war wie ein Neustart, sagt Per. Als würden wir noch einmal ganz von vorne anfangen.

Habt ihr gespielt?, fragt Anna.

Ja, sagt Per, wir haben gespielt, dass wir uns noch nicht kennen und alles noch einmal neu entscheiden können. Aber spielen das nicht alle Paare?

Ich kenne alle Paare nicht, sagt Anna.

Sie drückt die Zigarette an der Hauswand aus und legt die Kippe neben die anderen auf den Fenstersims.

Und jetzt, fragt sie, wie ist es jetzt?

Was meinst du?

Liebst du sie?

Schon, sagt Per.

Was liebst du an ihr?

Sie lacht über mich, sagt er, und über sich selbst. Sie ist, trotz der Sache damals, unschuldig. Alles, was sie macht, macht sie so, als machte sie es zum ersten Mal. Und als sei sie die Erste, die es macht.

Warum ist das wichtig?, fragt sie. Dass es das erste Mal ist?

Weil wir sonst zu schnell alt werden, sagt Per. Wenn wir die Neugier verlieren.

Per stellt einen Teller an Annas Platz und einen an den Platz gegenüber. Er gießt den Wein ein, und sie setzen sich an den schmalen Küchentisch.

Dein Lieblingswein, sagt sie.

Ja, sagt Per. Von ausgesuchten Winzern der Abruzzen biologisch angebaut und durch sein leichtes, fruchtiges Aroma ebenso bestechend wie durch seine Bekömmlichkeit.

Wieso Winzer?, fragt Anna. Ich dachte, die Trauben würden ausgesucht.

So steht es auf dem Etikett. Ausgesuchte Winzer.

Meinen die das ernst?

Davon kann man eigentlich nie ausgehen, sagt Per.

Sie stoßen die Gläser aneinander, und es ertönt ein unschönes Geräusch, das sie zum Lachen bringt. Sie essen schweigend.

Schmeckt gut, sagt Anna nach einer Weile.

Es sind die Pinienkerne, sagt Per. Ein Rezept von Alexandra. Pinienkerne, das ist das Geheimnis.

Anna nimmt sich eine Zigarette aus der Schachtel, blickt Per fragend an, er schüttelt den Kopf.

Was hast du jetzt vor?

Per streicht mit seiner Hand über ihren Arm.

Das Gleiche noch mal?

Ich meine … überhaupt.

Das große Ganze?

Ja, sagt sie. Alles. Wie geht es weiter?

Per hält in der Bewegung inne und lässt seine Hand auf ihrem Arm liegen.

Ich habe mich das nie gefragt, sagt er. Die Zeit danach, es war alles offen. Gerade weil es die ganzen Zweifel weggefegt hat. Irgendwann, nein, nicht irgendwann, sondern als wir über Weihnachten in Urlaub waren, hat sie zu mir gesagt, jetzt. Ich wusste gar nicht, was sie meint. Sie hat mich daran erinnert. Als wir uns gerade ein paar Wochen kannten, haben wir darüber gesprochen, ob wir Kinder wollen, grundsätzlich. Sie hat mich gefragt. Klar, habe ich gesagt. Als sie dann sagte, jetzt, konnte ich mich an das Gespräch gar nicht mehr erinnern.

Per sieht Anna nicht an, er sieht an die Decke, vielleicht erzählt er es ihr, vielleicht erzählt er es sich selbst.

Ich wollte nicht. Klar, grundsätzlich schon, aber nicht jetzt.

Er nimmt die Zigarette aus Annas Hand, nimmt einen tiefen Zug und noch einen schnellen zweiten, bevor er ihr die Zigarette zurückgibt. Es ist eigenartig, sagt Per. Früher, vor allem so in der Pubertät, hieß es doch immer, die Mädchen seien zwei Jahre weiter als die Jungen. Manchmal habe ich das Gefühl, ich habe diesen Vorsprung nie eingeholt. Der ist eher größer geworden.

Hast du dir deshalb eine jüngere Geliebte zugelegt?

Siehst du, sagt er, du bist viel klüger als ich.

Seine Hand auf der Klinke. Viel zu lange liegt sie da, warum zögert er nicht vorher, vor der Klinke, irgendwo auf dem Weg zur Klinke, in der Luft, da, wo man es nicht sieht, die Klinke kennt sie nur noch mit seiner Hand, sonst nimmt sie sie gar nicht wahr, und wenn doch, dann nur, um sich an seine Hand darauf zu erinnern.

Per, sagt Anna. Ich glaube, es ist nicht gut, wenn du heute gehst.

Ich muss, sagt er.

Ich habe kein gutes Gefühl, sagt Anna. Ich glaube, sie weiß es.

Sie weiß gar nichts, sagt Per.

## 2046

Im Grunde genommen ist es eine lange Verkettung von Missverständnissen gewesen. Jetzt hier zu sein.

Er lässt den Blick schweifen durch den Raum, an den er sich nicht gewöhnen kann, fremd, aber nicht einmal das Zimmer eines anderen, es ist niemandes Zimmer, ein Hotelzimmer im besten Fall, das Bett, der Tisch, der Stuhl, der Schrank, an der Wand hängen Bilder, von denen er nicht sagen kann, wer sie da aufgehängt hat. Verblasst, denkt er, genau wie die Bilder in der Erinnerung. Ob sie nun verblassen, weil man sie zu häufig betrachtet oder weil man es zu selten tut, er hat es aufgegeben, darüber zu grübeln, und lässt die Bilder kommen, wenn sie kommen wollen und sich vor das Standbild des Hotelzimmers schieben wie ein spannender Film, der Stuhl, der Schrank, die hellblauen Vorhänge, alle Farben pastell, als wäre er ein kleiner Junge.

Es ist das Beste so, hatte man ihm gesagt, und schon damals wusste er, dass das, was das Beste für die anderen war, nicht unbedingt das sein musste, was das Beste für ihn war.

Für ihn wäre es das Beste, wenn er wieder zu Hause sein könnte, beziehungsweise noch, denn zu Hause gibt es nicht mehr. Seine Wohnung ist nach seinem Auszug mit der sich darunter befindenden zusammengelegt worden, die Küche haben sie herausgerissen und in den Flur ein Loch gemacht. Sie wollten ihm die Pläne zeigen, vorher, und er hatte abgelehnt, ohne zu danken. Den Ort gibt es nur noch in seiner Erinnerung, zusammen mit vielen anderen, die sich aus der Tiefe ihren Weg bahnen und Präsenz fordern, als wäre nichts davon vorbei.

Ein Missverständnis, dass sich um nichts kümmern zu müssen eine Entlastung sein könnte, zwischen den Mahlzeiten, den Wasch- und Schlafenszeiten, den Spiel- und Fernsehzeiten, den Gartenzeiten und den Festtagszeiten endlose Stunden, in denen sie alle nichts tun, als sich zu kümmern um das, was sie gerne hätten, wären oder würden, was sich von dem, was sie hatten und waren, nicht unterscheidet, jedenfalls nicht in seinem Fall.

Die Uhr zählt ihre Runden. Als wäre Null zugleich Anfang und Ende, und es könnte immer so weitergehen.

Früher hat er gedacht, ein Zeitvertreib wäre das, was dabei hilft, die Zeit schneller vergehen zu lassen. Heute weiß er, dass es bei einem Zeitvertreib darum geht, zu vergessen, dass es die Zeit überhaupt gibt.

Sein Weg, so scheint es ihm, hat ihn an einen Ort gebracht, an dem er alleine ist, und dabei hat er eigentlich das Gegenteil gewollt. Er hat immer nach der Bedeutung der Dinge gesucht, hat versucht, hinter die Worte zu gelangen, zu sehen, woher sie kommen, was sie meinen und was sie alles im Laufe der Zeit an Ergänzung und Informationen dazubekommen haben, wie Walfische, von Muscheln bewachsen, die ein Teil von ihnen geworden sind. Weg und Ziel sollte das sein, aber was er feststellen musste, ist, dass die Worte ihre Geschichte leugnen, denn sie sind ohnmächtig gegenüber denjenigen, die sie verwenden. Die Worte sind, das hat er erkannt, für die meisten nur ein Hilfsmittel und fast niemals die richtigen für das, was sie eigentlich sagen wollen, und werden sie niemals zusammenbringen. Das Eigentliche bleibt hinter den Worten verborgen und ungesagt. Es ist bezeichnend, dass er sich mit der jungen Asiatin am besten versteht, sie nicken, sie schütteln die Köpfe und sie lächeln, und Missverständnisse gibt es dabei nie. Und gerade weil so wenige Worte zwischen ihnen fallen, weiß er, dass sie, wenn sie mit ihrem Akzent seinen Namen sagt, viel mehr ihn meint als die Dicke, die eine Phrase an die andere reiht, von dem Moment an, in dem sie das Zimmer betritt.

Am Schlimmsten ist der Verdacht, dass die Missverständnisse, von denen er weiß, nur die Spitze des Eisbergs sein könnten.

Und ob es eigentlich gar kein echtes Verstehen geben kann, weil wir in unserer subjektiven Wahrnehmung gefangen sind.

Woher wissen wir, dass wir die gleichen Dinge meinen, wenn wir die Worte sagen? Wer garantiert uns, dass wir dasselbe sehen, wenn wir blau sagen, vielleicht hat für den einen der Himmel die Farbe, die für den anderen das Meer hat, und woher wissen wir, ob es, wenn wir lieben, an derselben Stelle wehtut?

Die anderen hat es immer gegeben, und schon immer

ist, abgesehen davon, dass sie in der Überzahl sind, ihr deutlichstes Merkmal gewesen, dass sie anders sind, allesamt anders, das ist es, was sie verbindet und eint. Die anderen, das sind im Grunde die Gleichen, es gibt nur einen anderen, und das ist er selbst.

Die anderen sind die Pfleger und Ärzte, die in einer Welt leben, die er nicht teilt, sie sprechen laut und langsam, und das liegt, dessen ist er sich sicher, nicht nur daran, dass sie an seinem Gehör zweifeln, sie zweifeln an seinem Verstand.

Die anderen sind auch die Bewohner, die einhellig immer genau das Fernsehprogramm sehen wollen, welches er als Letztes gewählt hätte, allein Frau Kaltwasser protestiert regelmäßig gegen diese Wahl, wirft ihm einen Blick zu, als sei er der Einzige, der sie versteht, bevor sie mit energischen Schritten den Aufenthaltsraum verlässt, entschieden und viel zu schnell für ihn, um ihr zu folgen.

Früher waren die anderen die Kollegen gewesen, die über dieselben Dinge lachen konnten und sich mit den Chefs gut verstanden, es waren die Bekannten gewesen, die alle gleichzeitig geheiratet und zwei Kinder bekommen hatten, es waren die Jungen aus seiner Schulklasse gewesen, die Fußball spielen konnten, die schießen konnten und wussten, wie man Mädchen anspricht.

Wie hätte er ahnen können, dass sie, wenn sie ihn etwas fragten, eigentlich von sich selber erzählen wollten?

Wie konnte es überhaupt sein, dass die anderen die Dinge, die sie sagten, nicht unbedingt meinten und die Dinge, die sie meinten, nicht sagen konnten, und, noch schlimmer, sich dessen nicht einmal bewusst waren, weil es für sie absolut keine Rolle spielte?

Wieso winkten sie ab und behandelten ihn wie einen komplizierten Sonderling, wenn er sich mit dem beschäftigte, was doch die Basis allen menschlichen Miteinanders bildet?

Wie Inseln in der Zeit die Tage, an denen alles möglich ist. Meistens im Sommer, wenn er gerade anfängt und eine Energie in der Luft liegt, von der man nicht mehr gewusst hatte, dass es sie gibt. Meistens kommen an solchen Tagen verschiedene glückliche Umstände zusammen. Zum Beispiel gibt es Spargel, den ersten frischen Spargel des Jahres, mit seinem Geschmack, den man über den Winter vergessen hatte, und im letzten Jahr hatte man gedacht, wer weiß, ob du im nächsten Jahr noch, und dann sitzt man abends länger draußen und hört die Liebeslieder der Amselmännchen, von denen keine zwei sich gleichen. Zum Beispiel lässt der Schmerz, der in den Gelenken wohnt, ganz plötzlich nach, er ist nicht gänzlich verschwunden, es bleibt ein kleiner Restschmerz, wie um einen daran zu erinnern, wie schlimm es vorher war. Zum Beispiel liest man etwas, und am nächsten Tag ist man unterwegs und erfährt genau das, was man gerade gelesen hat, man erkennt, es ist die Wahrheit, und man hätte sie nicht erkannt, wenn man sie nicht gelesen hätte, und es hätte nicht diese Bedeutung gehabt, wenn man es nicht erkannt hättc, und für einen Moment wird die Lücke zwischen dem Wort und all dem anderen ganz klein. Zum Beispiel. Trifft man die Rose auch, wenn man auf sie schießt. Fällt die einzige richtige Stunde zwischen zwei ohnehin laschen Unterrichtseinheiten aus, sodass man spontan mit den anderen am Schwarzen Brett beschließt, dass es keinen Sinn macht zu bleiben, und plötzlich ist man frei, morgens um acht. Natürlich ist das Wetter gut. Und dann hegt man eine gewisse Hoffnung und sorgt dafür, dass die Planung der nächsten Stunden noch auf dem Schulgelände in Angriff genommen wird, obwohl die Gefahr, von einem Lehrer gesehen zu werden, groß ist. Aber nicht heute. Heute kommt, ganz im Gegenteil, wirklich *sie*, stößt zur Gruppe dazu und sagt mit einer Selbstverständlichkeit, die, wenn dies nicht schon längst geschehen wäre, sofort heftige Liebe bei ihm ausgelöst hätte:

So, was machen wir jetzt?

Die anderen sind da, aber sie sind nicht wichtig. Sie sitzen auf dem Rasen im kleinen Park neben der Schule, nicht weil sie nicht weiter gekommen wären, sondern weil die Nähe der Schule sie angenehm daran erinnert, dass sie nicht dort sind.

Sie hat sich neben ihn gesetzt, und er fühlt sich leicht, unglaublich leicht, und während er noch darüber nachdenkt, wie er ein Gespräch beginnen könnte, fängt sie an. Du kennst dich doch bestimmt mit schwarzen Löchern aus, sagt sie.

Kommt drauf an, antwortet er.

Das ist eine mutige Aussage. In Wahrheit hat er von schwarzen Löchern keine Ahnung.

Sie sagt nichts weiter und bohrt mit einem Stöckchen kleine schwarze Löcher in den Rasen.

Warum?, fragt er.

Warum ich nach schwarzen Löchern frage, oder warum ich denke, dass du dich damit auskennst?

Beides.

In welcher Reihenfolge?

In deiner Reihenfolge.

Meine Reihenfolge geht anders, sagt sie. In meiner Reihenfolge sagst du mir zuerst alles, was du weißt.

Okay, sagt er und denkt einen Moment nach.

Ich glaube, schwarze Löcher sind das, was dem Nichts am nächsten kommt. Das Gegenteil von Materie. Weil sie die Materie, die mit ihnen in Berührung kommt, aufheben.

Was meinst du mit aufheben?, fragt sie.

Die Regeln gelten da nicht, sagt er. Raum und Zeit und so. Physikalische Gesetze.

Andere, sagt sie.

Stimmt, sagt er, es gelten andere Gesetze.

Nicht schlecht.

Und warum hast du mich jetzt gefragt?, will er wissen.

Das ist so ein Test, sagt sie. Habe ich gelesen. In einer Zeitschrift. Wenn man eine Frage drei verschiedenen Personen stellt, wird man mehr über die Personen erfahren als über die Sache. Da stand, man soll das ausprobieren mit einem Thema, bei dem unwahrscheinlich ist, dass sich jemand damit auskennt. Und dann soll man die Person motivieren, trotzdem zu antworten.

Echt? Und was hast du jetzt über mich erfahren?

Vielleicht, dass du dir der Regeln sehr bewusst bist?

Und was ist mit dir, warum hast du mir vorgesagt?

Habe ich dir vorgesagt?

Andere Gesetze, hast du gesagt.

Das ist wahr.

Und wen hast du noch gefragt?

Bisher nur meinen kleinen Bruder.

Und was hat der geantwortet?

Ein schwarzes Loch ist das, wo du reinfällst, wenn du zu viele doofe Fragen stellst.

Und was sagt das über ihn aus?

Dass er mein kleiner Bruder ist, und dass das die letzte Frage ist, die ich ihm gestellt habe.

Und wen fragst du noch?

Das weiß ich noch nicht, sagt sie. Ich erzähle es dir dann.

Im Rasen zwischen ihnen sind jetzt lauter kleine Löcher.

Sieht aus, als hätten hier Zwerge Fußball gespielt, sagt sie.

Warum heißt es eigentlich Zeitvertreib?, fragt er. Wenn man sich langweilt, ist es doch nicht die Zeit, die man vertreibt, sondern die lange Weile.

Aber die lange Weile ist doch die Zeit, die zu lange Zeit.

Und durch Zeitvertreib macht man die lange Weile kürzer, ergänzt er.

Ja, sagt sie. Wie in einer Änderungsschneiderei.

Das macht Sinn.

Ich weiß nicht. Ich langweile mich eigentlich nie.

Ich auch nicht. Vielleicht deshalb, weil das mit dem Zeitvertreib bei uns gut funktioniert.

Du bist ganz anders, als ich dachte, sagt sie.

Weiß ich, sagt Ruben.

Es kommt jemand ins Zimmer, sie sieht ihn an, als würden sie sich gut kennen, aber er hat sie nie vorher gesehen. Sie beugt sich über ihn, stopft seine Decke unter seinen Körper, aber er ist noch nicht müde, er möchte raus zum Spielen, eins von den Spielen mit den anderen, das immer ein Spielen gegen die anderen ist.

Wenn er groß ist, wird alles anders sein. Er wird Dinge verstehen. Er wird einmal nicken und die anderen werden wissen, was er meint, was er will, wer er ist, ohne dass er ein Wort sagen muss.

Es wird keine Missverständnisse mehr geben, wie damals, als er gedacht hat, alle, die in seinen Träumen vorkommen, haben dasselbe geträumt, und man könnte mit ihnen am nächsten Tag über den Traum reden wie über jedes andere gemeinsame Erlebnis. Oder wie damals, als er auf dem Jahrmarkt war und gedacht hatte, Blumenschießen hieße, auf Blumen zu schießen, so wie Taubenschießen hieß, auf Tauben zu schießen. Auf Blume oder auf Scheibe, hatte die Alte ihn gefragt, und natürlich hatte er die Blume gewählt. Wie stolz er war, weil er die Blüte jedes Mal getroffen hatte und die Plastikblätter wackelten, bis die Alte sagte, das sei ja schon ganz ordentlich, jetzt müsse er nur noch ein klein wenig niedriger zielen, um das Röhrchen zu treffen.

Ein Missverständnis, viel zu lange die Überzeugung, die anderen meinten, was sie sagten. Ein Missverständnis, die anderen kochten mit Wasser.

Dass er geglaubt hatte, er könne nicht fliegen. Sich deshalb nicht getraut hat, es einfach zu tun. Jetzt, und vielleicht deshalb, weil es all diese anderen Missverständnisse gegeben hat, weiß er, dass er es kann. Natürlich nicht banal fliegen im Sinne von mit den Flügeln wackeln, sondern fliegen im Sinne von mit den Füßen den Boden nicht mehr berühren.

Er steht in der Tür wie ein gerahmtes Bild, lässt einen Autoschlüssel am Schlüsselring baumeln, den er über seinen kleinen Finger gehängt hat.

Ich habe dir doch gesagt, ich organisiere etwas. Wir fahren raus.

An einen See, sagt Anna.

Wohin du willst.

Weißt du was? Heute wird der perfekte Tag.

Das trifft sich gut, sagt Per, heute ist der längste Tag des Jahres.

Das müssen wir ausnutzen.

Was braucht ein Tag, um perfekt zu sein?, fragt Per.

Mir fällt nur ein, was er alles nicht braucht, sagt sie. Wenn wir das alles weglassen, dann kann nichts schiefgehen.

Und der Wagen gehört einem Freund von dir?, fragt sie.

Dem besten. Marvin.

Der ist in Urlaub?

Ja, mit seiner Freundin. Sie sind spontan weggefahren.

Das würde ich auch gerne, sagt sie. Spontan wegfahren. Also richtig wegfahren.

Das machen wir auch irgendwann.

Dafür müssten wir schon etwas tun, sagt Anna, von alleine passiert das nicht.

Ich muss tanken, sagt Per.

Ich kümmere mich um Proviant, sagt sie und geht in das Tankstellengebäude, während er nach dem Hebel sucht, der den Tankdeckel öffnet.

Hallo Anna, sagt Tobias.

Er hatte ihr erzählt, dass er hier arbeitet. Sie hat es vergessen.

Hi, sagt sie.

Fährst du raus, hast du frei?

Ja, sagt sie. Ein bisschen an den See. Rausfahren. Wollten wir.

Ach so, sagt Tobias.

Anna stellt die Wasserflaschen auf den Verkaufstresen.

Habt ihr Erdnüsse?

Klar, sagt Tobias. Kuck mal da links.

Erdnüsse, sagt Per. Super. Und Schokolade. Und die Nummer drei, bitte.

Er legt seinen Arm um Anna, blickt sich im Laden um und wirft seine Karte auf den Plexiglasteller.

Tobias sieht Anna an, während er Per Karte und Kassenzettel reicht.

Viel Spaß, sagt er.

Anna zieht die Schuhe aus, stützt die Füße gegen das Armaturenbrett. Wenn sie ihren Kopf nach hinten legt, berühren ihre Zehen im Bild der Windschutzscheibe den Asphalt der Straße.

Familienkutsche, sagt sie.

Stimmt, sagt Per. Wir kriegen das Kind, und sie haben das Auto dazu. Es ist nicht gerecht auf dieser Welt.

Ihr könnt ja tauschen, sagt sie.

Per nickt.

Wollen sie welche?

Wer will das nicht.

Anna sieht aus dem Fenster an ihrer Seite. Die Menschen zeigen ihre Beine. Sie haben die Wollmützen, die man hier das ganze Jahr über trägt, über die Ohren geklappt. Die Luft flirrt, alles, was fliegen kann, fliegt, alles, was Geräusche machen kann, tut das.

Da sagst du was.

Anna legt beide Hände an ihre Kopfstütze und drückt ihren Bauch nach vorne.

Ich bin auch überfällig, sagt sie.

Die Ampel wird grün. Per will anfahren, und der Motor säuft ab.

Überfällig, sagt er. Was bedeutet das?

Kann sein, sagt Anna, kann auch nicht sein.

Hinter ihnen hupt es. Per lässt den Wagen an, fährt rechts in eine Bushaltebucht.

Bist du wahnsinnig?

Bin ich die Einzige?

Per sieht sie an.

Ja, vielleicht bin ich schwanger, sagt sie. Und? Was wäre, wenn ich es wäre?

Das ist nicht dein Ernst, sagt er.

Sie sieht ihm ins Gesicht, sieht den Schweiß auf seiner

Stirn und an den Nasenflügeln, der schon vorher da gewesen war, die kleinen Falten um seine Augen, die sie so mag, weil sie ihn ausdrücken, weil sie für all das stehen, was er gesehen und erlebt hat, seine Prägung, seine Augen, die immer einen traurigen Zug behalten, egal wie viel Spaß er macht. Seinen Ernst, der bleibt, jetzt wo aller Humor plötzlich verschwindet.

Nein, sagt sie. Ich wollte nur wissen, wie du reagieren würdest, wenn ich es wäre. Jetzt weiß ich es.

Er starrt auf die Straße, bevor er den Wagen anlässt und sich wieder in den Verkehr einfädelt, wortlos.

Soll ich mich verstecken, bis wir aus der Stadt sind?, fragt sie, und er schüttelt stumm den Kopf, ohne dass sie sagen könnte, ob er das Angebot ernst genommen hat oder nicht.

Sie sieht aus dem Fenster und sieht all die anderen, für die sie wahrscheinlich genauso eine der anderen ist wie die anderen für sie. Sie stellt sich vor, unterzutauchen zwischen ihnen, wegzugehen, ihre Spuren zu verwischen. Sein Gesicht, wenn er anriefe und es hieße, *Die Nummer ist nicht vergeben.* Wenn er vor der Tür stände und jemand anders machte auf. Wie er nach ihr suchen würde, in jedem Café, das sie jemals erwähnt hat, nach ihr fragen, wie er einen Film, von dem er glaubte, dass sie ihn sich ansehen würde, jeden Abend sähe, in der Hoffnung, ihr in der Vorstellung zu begegnen, wie er Zettel mit einer originellen Suchmeldung an die Bäume pinnen würde, in Klarsichtfolie vor Regen geschützt.

Wahrscheinlich wäre es genau andersrum, sie würde

nach ihm suchen, nach einem nach ihr suchenden Per, würde auf jeden Zettel zulaufen, der an einem Baum klebte und auf dem es wahrscheinlich nur um entlaufene Katzen ging, die schon ein Zuhause hatten, um dringende Wohnungsgesuche hier im Kiez und vielleicht ausnahmsweise um ein verlorenes Schlüsselbund. Sie würde ihre Wege zufällig, weil es die angeblich kürzesten wären, durch Pers Straße führen lassen, sie würde erschrecken, wann immer sie ihn zu erkennen glaubte, seine Haarfarbe, seine Statur, seine Art sich zu bewegen, sie würde sogar Alexandra zu erkennen meinen, in jeder schwangeren Frau, in jeder Frau mit einem Kinderwagen, in jeder Frau mit einem Kleinkind an der Hand, und dann irgendwann hoffentlich nicht mehr.

Und ich dachte, du wolltest den perfekten Tag, sagt er. Der geht anders.

Stimmt, sagt sie. Anna macht die Augen zu und stellt sich vor, sie führen in die andere Richtung. Sie genießt den Schwindel, der sie erfasst bei dem Gefühl, nicht zu wissen, ob es vorwärts geht oder zurück.

*Rettet den Wald* steht auf einem grünen Schild am Waldrand neben der Autobahn. Ja, tut das bitte, denkt Anna, rettet den Wald. Und wenn ihr schon dabei seid, den Rest gleich mit.

Das Symbol, eine Frau, die kniend einen Baum pflanzt, kommt ihr bekannt vor, aber sie kann sich nicht erinnern, wo sie es schon einmal gesehen hat.

Per schüttelt heftig den Kopf, als könnte er es auf diese Weise loswerden. Er sieht weiter nach vorne auf die Straße, als er beginnt zu sprechen.

Früher hatten unsere Autos Namen.

Warum das denn?

Ich weiß nicht, sagt Per, vielleicht waren sie dadurch mehr wert.

Erzähl mir davon, sagt sie.

Von früher?

Von den Autos mit den Namen. Wie kommst du jetzt darauf?

Wegen früher, sagt er. Vielleicht hätte ich früher darüber lachen können.

Wie meinst du das?

Früher hätte ich gewusst, dass es nicht stimmt.

Es stimmt nicht, sagt Anna.

Es gab da eine, sagt er, früher. Wir wohnten zusammen. Im Studium. Manchmal erinnerst du mich an sie. An die Zeit mit ihr. Und an mich selbst in der Zeit mit ihr. Früher.

Wie lange wart ihr zusammen?

Schwer zu sagen. Eigentlich fing es sofort an, als wir einzogen, und dauerte dann so lange, wie die WG zusammenblieb. Wir mussten raus, weil das Haus saniert wurde. Mine.

Klingt gefährlich, sagt Anna. Warum war sie wichtig?

Weil sie mich trotzdem wollte, sagt Per.

Trotzdem?

Obwohl das Auto mit dem Namen nicht mir gehörte.

Und wie ging es zu Ende?

Hab ich vergessen, sagt Per.

Wie es mit uns zu Ende geht, wirst du auch vergessen.

Nein, sagt er, niemals.
Nein, sagt sie, das glaube ich auch nicht.

Wenn sie einfach geradeaus weiterführen, nach ein paar Kilometern hätten sie das Land verlassen, den Ort, an dem sie sind, was sie sind, einfach zurücklassen wie eine alte Hülle.

Per setzt den Blinker und biegt ab. Sie folgen der kurvigen Landstraße durch schattige Wälder und über kopfsteingepflasterte Straßen durch eine Reihensiedlung, in der fast kein Haus mehr grau ist, obwohl es ein Ort ist, an dem eigentlich niemand leben kann. Vorbei an einem Industriegebiet, einer Tankstelle und an einer arabischen Imbissbude, die so aussieht, als wäre sie schon immer hier gewesen, als wäre sie der Anfang von etwas und alles andere noch neu und fremd, und nicht genau andersherum.

Sind gleich da, sagt Per.

Du kennst dich aus, du warst hier schon mal?

Per nickt.

Ich kenne eine gute Stelle. Ist ein Geheimtipp. Wir müssen nur ein bisschen laufen.

Warst du mit ihr zusammen hier?

Schon lange nicht mehr, sagt Per.

Auf dem Parkplatz am Waldrand stehen einige Autos, aber es gibt noch einen Platz im Halbschatten. Anna steigt aus dem heißen Wagen. Legt ihre Hand auf Pers Hintern, als sie durch den Wald laufen, und schmiegt sich beim Gehen an ihn, als gehörte er ihr.

Wann warst du denn zuletzt hier?, fragt sie.

Dieses Jahr noch gar nicht, sagt Per. Früher waren wir hier andauernd. Früher haben wir die Sommer hier verbracht.

Sie finden eine Stelle nah am Ufer, mit Sonne und Schatten und etwas abseits von einer größeren Gruppe.

Per breitet eine Decke aus, streift sich die Turnschuhe von den Füßen, schleudert sie hinter sich auf den sandigen Waldboden.

Luft, sagt er.

Wasser, sagt sie.

Per lacht.

Feuer.

Heiße Füße?

Alles ist heiß. Ich wünschte, ich könnte aus meiner Haut, sagt Per.

Anna reicht ihm die Flasche mit dem Wasser.

Der perfekte Tag, sagt Per.

Wenn du dich umdrehst, den Kopf in den Nacken legst und über den See kuckst, dann sieht es so aus, als wäre der See der Himmel, sagt Anna.

Warum sollte ich das tun?

Weil die Boote dann kopfüber am Himmel fahren, sagt Anna. Weil sie so aussehen, als könnten sie nicht fallen.

Weil es keine Schwerkraft mehr gibt.

Doch, sagt Anna. Aber nicht unten, sondern oben. Sonst würden sie doch fallen.

Davon wird einem nur schwindelig. Schon bei dem Gedanken daran.

Schon, sagt Anna, aber nur im ersten Moment. Danach fühlt es sich ganz normal an.

Sie hören sie, bevor sie sie sehen können, wie das Getrappel einer nahenden Herde in einem Western. Sie lachen und kreischen und stürmen an ihnen vorbei, mit der Selbstwahrnehmung dieses Alters, das am längsten von allen zu dauern scheint, obwohl es rückblickend nur eine Sekunde war, als gehöre die Welt ihnen, weil sie gar nichts anderes sehen als sich selbst. Die Mädchen mit flachen Bäuchen und stolzen Brüsten, die Jungen schmächtig und verspielt. Anna dreht sich auf den Bauch und kreuzt die Unterarme unter dem Kinn. Vielleicht ist es wirklich so und die Frauen sind immer weiter. Vielleicht läuft auf ihnen einfach ein anderes Programm. Die als Erste am Wasser ankommt, macht eine Vollbremsung und kreischt, es ist kalt, ruft sie, wirft die Arme in die Luft, ein schneller Blick, ob ihr hellblau gestreifter Bikini noch sitzt, dann ein Blick zu demjenigen, der gemeint ist, aber er läuft mit einer Bugwelle vor sich an ihr vorbei ins tiefere Wasser und verschwindet mit einem eleganten Kopfsprung, bevor er laut prustend wieder auftaucht und nachsieht, wo die anderen bleiben, um endlich zu registrieren, was getan werden muss. Er schwimmt ein paar Züge zurück bis ins flache Wasser, steht plötzlich groß neben ihr und schüttelt sich wie ein nasser Hund, bevor er sie packt und trotz ihres Kreischens ins Wasser wirft.

So war ich nie, sagt Anna.

Per lacht.

Glaube ich dir.

Nie.

Das ist genau das, was die über uns denken, sagt Per. So wie die werde ich nie. Zu zweit an den See mit Wolldecke und Strandtasche.

Stimmt, sagt Anna. Man müsste sie fragen, was sie in zehn Jahren machen wollen.

Oder vielleicht in zwanzig.

Heute in genau zehn Jahren, sagt sie, stell dir mal vor.

Was ist heute in zehn Jahren?, fragt Per.

Sag du es mir. Was machst du? Wo bist du? Mit wem bist du zusammen?

Fang du an, sagt er.

Anna macht die Augen zu. Sie nimmt eine Handvoll Sand, lässt ihn langsam durch ihre Finger rinnen, von einer Hand in die andere.

Ich versuche, etwas zu sehen, sagt sie.

Und?

Ich sehe nichts.

Fühlst du etwas?

Ja, das schon.

Bist du glücklich?

Ja, sagt sie. In zehn Jahren bin ich glücklich.

Und in zwanzig?

Dann erst recht, sagt sie. In zwanzig Jahren bin ich zweimal so glücklich. Jetzt du.

Ich sehe etwas, sagt Per. Ich sehe dich. In einem grasgrünen Bikini. Auf einer Decke. Hinter dir sehe ich Schilf, einen See, ein anderes Ufer, Bäume. Blauer Himmel. Keine Wolken.

Bin ich zehn Jahre älter als jetzt?, fragt sie.

Nein, sagt er. Du bist irgendwie zeitlos.

Die Horde hat sich hinter ihnen ausgebreitet, lautes Lachen und ab und zu ein schrilles Kreischen, wenn eines der Mädchen einen der Jungen daran erinnern möchte, dass es sie gibt.

Anna streicht Per mit dem Zeigefinger über den Rücken, von einem Wassertropfen zum nächsten.

Ich habe eine Idee, sagt sie, wir spielen noch ein anderes Spiel. Sie beugt sich über ihn und hält ihm die Augen zu.

Wie heißt es?

*Gibt es mich wirklich.*

Klingt gut, darf ich dich ertasten?

Nix, sagt Anna. Ertastet hast du mich schon, jetzt kommt die Prüfung.

Okay.

Die Narbe an meinem Knie. Ist es das rechte oder das linke?

Eine Narbe? Ein Makel auf deiner Haut? Ich habe nichts dergleichen bemerkt.

Und die an meinem Kinn? Ist sie mehr rechts oder mehr links? Finger weg.

Welches Knie ist es jetzt, fragt Per, kriege ich keine Antwort?

Du spielst. Knie ist verloren, wo ist die Narbe am Kinn?

Das ist eine Fangfrage, sagt Per. Sie ist mittig.

Weiter. Gestern habe ich mich beim Rasieren geschnitten. Rechtes Bein oder linkes Bein?

Deine schlanken Fesseln, ich weiß auch, warum sie so heißen … Rechts. Oder? Von mir aus gesehen natürlich. Aber rechts, links, kommt es darauf wirklich an? Ist es nicht eins, beides zusammen, zwei Seiten einer Medaille, vollkommen erst in ihrer Einheit?

Welche Farbe haben meine Augen?

Blau, sagt Per, blaugraugrün.

Sie nimmt ihre Hände von seinen Augen.

Na gut, sagt er. Blaugrüngrau.

Anna sagt nichts. Er hält seine Hand vor ihre Augen.

Du bist dran, sagt er.

Dein linkes Nasenloch ist kleiner als das rechte, sagt sie, von dir aus gesehen. Am linken Oberarm hast du eine Narbe von einer Impfung. Auf dem Rücken hast du genau in der Mitte einen Leberfleck, beim geschätzt zwölften Wirbel von oben. Du warst vor drei Tagen beim Friseur. Sie sind etwas kürzer im Nacken, als du es magst.

Woher weißt du das?, fragt Per.

Du ziehst daran.

Und was ist jetzt das Ergebnis, dich gibt es nicht, aber mich gibt es?

Genauso ist es.

Vielleicht gibt es dich ja nicht wirklich, sagt Per, vielleicht habe ich dich erfunden.

Sie schwimmt weiter dieses Mal, als er umkehrt, weiter in Richtung Insel, überlegt, an Land zu gehen, und entscheidet sich schließlich dagegen. Die Insel ist genauso Land wie das Ufer, von dem sie losgeschwommen ist, letztlich ist alles eine Insel, wenn man es aus dem richtigen Abstand betrachtet. Per sieht ihr zu, als sie wieder zum Ufer schwimmt, aus dem Wasser steigt und sich die nassen Haare zurückstreicht.

Sie sieht sich Katastrophenfilme an, sagt er. Du weißt schon, solche Filme, in denen nicht nur der Held in Gefahr ist, sondern gleich die ganze Menschheit. Jedenfalls irgendwie alle. Und weißt du, wie sie das macht? Sie sieht sich das an bis zum spannendsten Moment. Dann schaltet sie um in irgendeine beliebige Talkshow oder stellt den Fernseher ganz aus, um ins Bett zu gehen und noch eine Seite zu lesen. Und wenn ich sie dann frage, ob sie das Ende nicht sehen will, dann sagt sie, wieso, sie weiß doch schon, wie es ausgeht.

Und das verstehst du?

Nein, sagt er. Ich verstehe es nicht. Es macht mich wahnsinnig. Aber irgendwie mag ich es auch.

Was macht sie heute?

Alexandra?

Ja.

Sie wollte sich mit Miranda treffen. Ihrer Freundin.

Und was machen sie?

Keine Ahnung. Sie reden über früher. Oder sie reden über später. Nur über jetzt reden sie nie.

Du spielst mit ihr, sagt Anna. Genau wie mit mir

spielst du mit ihr, mit dem Unterschied, dass sie es nicht weiß.

Ich spiele nicht, sagt Per. Ich meine es ernst.

Du spielst Vater-Mutter-Kind, sagt Anna. Du brauchst mich, damit es ein Spiel bleibt. Genauso wie du sie brauchst, um mit mir zu spielen.

Es ist nicht wahr. Ich bin nicht so ein Arschloch, sagt er. Glaub nicht, dass ich es mir leicht mache.

Was dann?, fragt Anna. Was willst du? Wo willst du hin? Wie geht es weiter?

Ich möchte noch einmal von vorne anfangen, sagt Per. Aber das kann ich nicht. Ich muss von da weiterspielen, wo ich stehe.

Ja, sagt Anna. Sie dreht sich auf den Rücken und schließt die Augen.

Wenn ein Sonnenstrahl durch einen Wassertropfen fällt wie durch eine Lupe und es zwickt, als würde man gekniffen, um bestätigt zu bekommen, dass es jetzt wirklich passiert. Die Strandurlaube früher mit ihren Eltern. Das Suchen der Nummer am ersten Strandtag, der Einzug in den Strandkorb, ihr Vater errichtet mit ihrer kleinen roten Schaufel einen mächtigen Wall, während sie mit ihrer Mutter nach Dekoration sucht, mit der ihr Familienname außen an den Wall geschrieben wird, mit Muscheln, flankiert von Seesternen, die am nächsten Tag wieder entfernt werden müssen, weil der Gestank nicht zu ertragen ist. Sie muss sie anrufen. Beide.

Wie er neben ihr liegt und eine Zeitschrift liest, eine Falte zwischen den Augenbrauen. Trägst du keine Sonnenbrille, hat sie ihn einmal gefragt und mit ihren Fingern über seine Denkfalte gestrichen, und er hat gesagt, nein. Niemals jemals, hat sie gefragt, und er hat geantwortet, genau, niemals jemals. So wie ich niemals jemals einen Regenschirm benutze. Niemals jemals eine Mütze aufsetze. Niemals jemals einen Bus nehme. Vielleicht, weil du dich gerne den Naturgewalten aussetzt, hat Anna gesagt. Vielleicht, hat er erwidert, ich bin einfach gerne näher dran. Und Busfahren ist etwas für Kinder und alte Leute. Ich fahre Taxi oder gehe zu Fuß.

Ich verstehe, hat sie gesagt, du bist ein Mann mit Prinzipien.

Eine Libelle steht über dem Wasser in der Luft, die Flügelschläge so schnell, dass sie nicht zu sehen sind. Alles scheint anzuhalten, jede Bewegung fällt schwer, die Geräusche werden leiser, verlieren ihren Bezug und werden zu einer akustischen Gesamtkulisse. Selbst die kreischenden Mädchen verschwinden in der Ganzheit der Geräusche. Annas Augenlider wiegen eine Tonne, und sie gibt dem Gewicht nach. Sie hört den Ort, der durch die Geräusche einen Zusammenhang bekommt, stellt sich vor, sie liegt im Wasser, im flachen Wasser, an der Stelle, wo Meer und Land sich berühren, sie liegt da wie ein Objekt, die Wellen fließen gleichmäßig, rhythmisch über sie hinweg, und kurz bevor sie einschläft, wächst in ihr eine Frage, die eigentlich eine Entscheidung ist, ob sie ein Stein ist, der fest auf dem Grund liegt und über den die Wellen hinwegstreichen, oder ein Stück Holz, mit glatt geschliffenen Kanten, das sanft im Wasser geschaukelt wird, also letztlich die Frage, ob sie zum Land gehört oder zum Meer.

Neben ihnen haben sich zwei Familien ausgebreitet, hinter einem Schutzwall von Kinderkarren, so nah, dass ihre Decken sich fast berühren, und überall, so scheint es, krabbeln Kinder herum.

Per liest in seinem Magazin, die Ohren verkabelt. Anna beugt sich über ihn, küsst seinen Nacken und zieht einen Stöpsel aus seinem Ohr.

Du verbrennst, sagt sie.

Ich weiß, sagt er. Ich kann es nicht ändern.

Sie reibt seine Schultern mit Sonnenmilch ein.

Die Kinder sind in der Feuerwehrphase und ahmen mit ihren schrillen kleinen Stimmen das Lalülala der Martinshörner nach.

Per, sagt sie.

Hm?

Wenn es um alles geht, warum passiert dann nichts?

Es passiert, sagt er, es passiert.

Die Farbe des Wassers sieht aus, als hätte jemand lange daran gemischt, mehr Grün oder mehr Blau, Anna kann es nicht sagen. Es hat die Farbe eines Duschgels, *für den Herrn*, ein Duschgel, das kühlen soll und ein bisschen brennt auf der Haut.

Lass uns noch mal ins Wasser gehen, sagt sie.

Die Schatten wandern jetzt schnell, und sie müssen mit ihren Sachen hinterherziehen, um in der Sonne trocknen zu können. Die Familien brechen umständlich auf, und auch die Schulklasse ist nicht mehr da.

Der See ist glatt, als wäre die Oberfläche fest, als könnte man auf ihr laufen.

Hunger, sagt er.

Ich auch.

Großen Hunger?

Riesigen Hunger.

Dann müssen wir wohl auf die Jagd gehen, sagt er.

Anna fröstelt, als sie in den aufgeheizten Wagen steigt. Die Sonne glüht nach, das merkt sie jetzt erst, im Schatten. Ihre Haut zieht sich zusammen, die kleinen Haare richten sich auf wie Stacheln.

Als sie den Imbiss betreten, wechselt die Musik gerade von deutschen Schlagern zu arabischer Popmusik.

Falafel, sagt Anna. Im Brot.

Per nickt. Nehme ich auch, sagt er, mit Schawarma.

Mach ich Ihnen, sagt der Imbissbesitzer, kommt sofort.

Draußen im kleinen Innenhof sitzt ein Pärchen zwischen Betonkübeln. Ein Stück Niemandsland, dahinter die Straße.

Anna setzt sich an das andere Ende der langen Holzbank. Ein Junge kommt mit einem Tablett und bringt ihnen Tee.

Anna beugt sich zu Per.

Es ist nicht echt, flüstert sie in sein Ohr. Diesen Ort gibt es gar nicht.

Und die beiden da drüben, flüstert Per, sind die auch nicht echt?

Der Junge kommt mit dem Essen.

Anna schüttelt den Kopf.

Danke, sagt sie.

Sie hebt ihr Falafelsandwich vom Teller, auf dem ein aufgedrucktes Set von Messer und Gabel zum Vorschein kommt.

Das passt doch alles nicht zusammen, flüstert sie.

Unauffällig, denk daran, sagt er. Marsmenschen.

Sie betrachtet das andere Pärchen und fragt sich, was sie für einen Grund haben, hier zu sein, denn an diesem Ort ist man nicht einfach nur so.

Der Junge kommt zurück.

Möchten Sie noch Tee?, fragt er.

Gerne, sagt Per, Tee! Und noch eins von diesen.

Er hält sein Sandwich hoch und deutet mit dem Finger darauf.

Ist gut, sagt der Junge.

Annas Blick fällt auf das Schild, das über dem Eingangstor hängt und auf dem der Name des Imbisses zu lesen ist. Darunter sieht man noch die Prägung der übermalten Buchstaben, die vorher den Schriftzug *Lola's Pizzastube* gebildet haben.

Per sitzt einen Moment, ohne sich zu bewegen, dann schließt er die Autotür mit Schwung. Als er den Gurt anlegt, ächzt er übertrieben.

Eine Sünde mehr.

Zählst du noch mit?, fragt Anna.

Es gibt Sünden, die bereut man sofort, sagt er. Diese hier gehört dazu.

Die Sonne wird schon rot, als sie auf der Autobahn sind.

Du siehst aus, als hättest du den ganzen Tag am Strand gelegen, sagt Anna. Du riechst nach Sonne und See und Sex im Wald. Und nach Schawarma. Du riechst nach Tausendundeiner Nacht.

Per lächelt. Er legt ihr seine rechte Hand auf den Oberschenkel.

Du bist auch verbrannt, sagt er.

Ja. Ich bade gleich in Buttermilch.

In deinem Küchenwaschbecken?

Warum nicht, sagt sie, oder kann ich bei euch baden?

Er lacht. Heute nicht, sagt er.

Wieso findest du das komisch?

Nicht es. Nur dich. Und nicht komisch, sondern wunderbar.

Ich bin nicht wunderbar, sagt sie, ich bin verbrannt und ein kleines bisschen angepisst.

Du bist wunderbar, besonders wenn du ein bisschen stinkig bist.

Wunderbar. Ich frage mich, wie du jetzt so zu ihr nach Hause gehen kannst.

Per schweigt. Er nimmt seine Hand von ihrem Bein, um zu schalten, danach will er sie wieder zurücklegen, zögert, streicht nur einmal über ihre nackte Haut und legt die Hand zurück auf die Kupplung.

Es ist spät, sagt er. Ich wollte längst zurück sein.

Ich weiß gar nicht, was du hast, sagt sie. Die Straßen sind leer. Eigentlich ein bisschen zu leer, dafür, dass alle Tagesausflügler jetzt zurückfahren sollten.

Ja, sagt Per nur.

Alles und nichts, sagt Anna. Und beides auf einmal.

Was meinst du damit?

Was sagst du ihr, wo du warst?

Sie wird mich nicht fragen.

Weil sie es schon weiß?

Sie vertraut mir, sagt Per.

Sein Telefon klingelt in der Ablage unter der Handbremse.

Das ist sie, sagt er.

Gehst du nicht ran?

Ich kann nicht. Was soll ich denn sagen? Dass ich auf der Autobahn bin?

Es klingelt, nach dem letzten Klingeln signalisiert ein Ton die Ankunft einer Nachricht in der Mailbox, und kurz darauf klingelt es erneut.

Scheint dringend zu sein.

Ich rufe sie an, wenn wir in der Stadt sind.

Fast niemand außer ihnen ist unterwegs, nur auf der gegenüberliegenden Fahrbahn kommen ihnen Wagen entgegen.

Komisch, sagt Per.

Das Blaulicht sehen sie schon von Weitem. Da, wo die Autobahn in die Stadt übergeht, das Hochhaus an der Mündung der Autobahn, bei dem sie sich, jedes Mal, wenn sie vorbeifährt, fragt, wer dort lebt, eine Absperrung aus Gittern vor Polizeiwagen, eine schmale Durchfahrt.

Lalülala, sagt Anna.

Der Polizist winkt mit seiner Kelle, und Per hält an.

## 1984

Es gibt nur zwei Möglichkeiten. Entweder die neue Jeans, die ein bisschen zu eng ist, aber nur ein bisschen, und den schwarzen Pullover. Oder die neue Jeans und das blaue Hemd, aber eigentlich scheidet diese Möglichkeit aus, weil sie das blaue Hemd schon beim letzten Mal anhatte, also den schwarzen Pullover. Und den kann sie nicht finden.

Vater hat mit zwei Heftzwecken ein Band im Kleiderschrank befestigt, von oben bis unten, um die Mitte zu markieren, und damit die Trennung zwischen Sabrinas Sachen auf der linken und ihren auf der rechten. Trotzdem wuchern Sabrinas Klamotten immer wieder über die Linie, genau wie Sabrina selbst immer da sein will, wo Mo gerade ist, und genau den Gegenstand benutzen möchte, den Mo gerade braucht. Das Vorrecht der Älteren, sagt Sabrina dazu, so als sei sie eine alte Frau und Mo ein kleines Kind, dabei beträgt der Unterschied zwischen ihnen nur knappe zwei Jahre.

Der Klügere gibt nach, sagt Vater immer, wenn Mo sich bei ihm beschwert, und als Sabrina neulich gesagt hat, sie sei zwei Jahre älter und habe daher auch mehr Sachen, die sie unterbringen müsse, sagte Vater nur, wo sie recht hat, hat sie recht.

Sabrina sammelt Dinge. Das stimmt nicht, würde Sabrina protestieren, die Dinge sammeln sich selbst, ich weiß auch nicht, warum das so ist, aber Tatsache ist, dass Sabrinas Stofftiere aus ihrer Kinderzeit immer noch auf ihrem Bett sitzen, dass die Sammlung der Fotos, abgerissenen Konzertkarten, Zeichnungen und Briefchen schon längst über die Pinnwand hinausgewachsen ist und fast die komplette Wand einnimmt und dass sie annähernd doppelt so viele Kleidungsstücke besitzt wie Mo.

Das ist nicht gerecht, sagte Sabrina, als Vater das Band im Schrank befestigte, nachdem er ungezählte Streitigkeiten zwischen ihnen geschlichtet hatte und es an der Zeit war für eine pragmatische Lösung. Gerecht wäre, wenn nicht jeder die Hälfte bekäme, sondern jeder bekäme, was er braucht.

Was ich brauche, *ist* die Hälfte, hatte Mo erwidert, und Vater hatte gelächelt und die Schachtel mit den Reißzwecken zurückgetan in die Schublade in der Küche, in der sich, seit Mutter nicht mehr da war, all die Dinge befanden, von denen man sonst nicht wusste, wo sie hingehörten. Sieh mal in der Küchenschublade nach, war auch die Antwort, die man bei ihnen jedes Mal bekam, wenn man etwas suchte, sogar wenn man etwas suchte, was gar nicht in die Küchenschublade hineinpasste, wie etwa das Rührgerät oder den Hocker, den man brauchte, um an die oberen Reihen der Bücherregale zu gelangen. *In der Küchenschublade* war fast so etwas wie eine gängige Redewendung bei ihnen geworden, dabei bestand ein ungeschriebenes Gesetz, das besagte, dass man nicht nach irgendeinem Gegenstand fragen durfte, bevor man nicht in der Küchenschublade nachgesehen hatte.

Der schwarze Pullover, den Mo sucht, erst in ihren eigenen Stapeln und dann vorsichtshalber auch in den Kleiderbergen auf Sabrinas Seite, ist natürlich nicht in der Küchenschublade. Sabrina steht im Badezimmer und sprüht sich Haarspray in die Haare, die über der Stirn nach oben stehen und eine Art Tolle bilden, wie alle Mädchen in Sabrinas Klasse es jetzt tragen, als wäre es eine ansteckende Krankheit.

Hast du meinen schwarzen Pullover gesehen?

Sieh doch mal in der Küchenschublade nach.

Sehr witzig. Die anderen holen mich in einer halben Stunde ab, wo ist mein schwarzer Pullover?

Du kannst einen von meinen nehmen. Wer kommt denn? Arne? Der süße kleine Arne?

Das macht Sabrina immer. Und wenn Arne da ist, versucht sie, ihn in Verlegenheit zu bringen. Sie berührt ihn sogar und schmeichelt ihm, nur damit er rot wird. Mo weiß, dass jede Attacke gegen Arne im Grunde gegen sie selbst gerichtet ist. Dabei ist ihr Arne eigentlich egal. Natürlich nicht egal, immerhin sind sie seit Jahren beste Freunde, aber mehr ist es eben nicht, und wenn sich Sabrina noch so viel Mühe gibt.

Was Mo viel mehr irritiert, ist das Angebot. Wenn Sabrina freiwillig ihren Kleiderschrank zur Verfügung stellt, dann hat sie etwas zu verbergen.

Mo hebt den Deckel vom Korb, in dem sie die schmutzige Wäsche sammeln, die in die Waschmaschine soll.

Oben auf dem Haufen liegt ihr schwarzer Pullover.

Was ist das?

Das ist dein schwarzer Pullover? Tut mir leid. Ich habe ihn mir geliehen. Hatte ich ganz vergessen.

Als es an der Tür klingelt, nimmt Mo auf dem Weg ihre Jacke vom Haken.

Lass uns gleich los, sagt sie zu Arne.

Arne reicht ihr den zweiten Helm. Das ist das Gute an Arne, er sagt zwar nicht viel, aber dafür sagt er auch nicht das Falsche.

Als sie hinter Arne auf dem Gepäckträger seines Mofas sitzt, fällt ihr ein, wie Sabrina damals mit ihr gewettet hat, dass sie es nicht schaffen würde, den Rest des Tages nichts mehr zu sagen, und als Mo klar wurde, dass sie bei dieser Wette so oder so die Verliererin sein würde, war es schon zu lange her, dass sie etwas gesagt hatte, als dass sie sich noch gegen das Schweigen entscheiden konnte.

Sie nimmt meine Sachen, sagt sie zu Arne, als sie am Spielplatz anhalten, um auf die anderen zu warten. Ohne mich vorher zu fragen.

Arne sitzt auf dem Mofa, den Helm auf dem Schoß.

Mo schiebt mit ihren Füßen den Sand zu einem kleinen Hügel zusammen.

Sie braucht so viel Platz. Alles will sie entscheiden.

Arne wischt mit dem Ärmel seiner Jacke über den Rückspiegel.

Schon immer, sagt Mo. Irgendwie hat sie schon immer genervt.

Aber eigentlich ist sie doch ganz nett, sagt Arne und wird rot.

Mo ist die Erste auf der Tanzfläche, natürlich nicht die Allererste, aber die Erste aus ihrer Clique. Sanni kommt mit, aber sie macht nach ein paar Stücken schlapp, vielleicht hat sie auch nur Angst, etwas zu verpassen, wenn sie nicht bei den anderen ist, nebenan im Billardraum.

Sollen sie doch Billard spielen. Sollen sie sich doch alle toll finden, Arne Sabrina und Sanni Arne, solange sie Mo da raushalten.

Am Rand der Tanzfläche stehen ein paar Jungen und tun so, als wären sie nicht interessiert an dem, was auf der Tanzfläche passiert, weil sie cool sein wollen, dabei wäre es cooler, nicht so zu tun, als ob man irgendetwas wäre oder nicht. Nur einer erwidert ihren Blick, er sieht sie an, als wäre sie gar nicht da, oder vielleicht so, als wäre er nicht da, so, als könnte sie ihn nicht sehen, nicht sehen, dass er sie sieht. Er kommt ihr bekannt vor, aber sie kennt ihn nicht, vielleicht ist es nur die Art, wie er kuckt, die sie zu erkennen glaubt, vielleicht von sich selbst, vielleicht von früher.

Die zertanzten Schuhe fallen ihr ein, wie lange muss man tanzen, um seine Schuhe zu zertanzen, wie ist das zu schaffen in einer Nacht? Wenn Vater ihnen abends aus dem alten Märchenbuch mit den Bildern und den vergilbten Seiten vorgelesen hat, früher, als sie noch kein eigenes Zimmer hatte, wollte Sabrina immer die Märchen hören, bei denen jemand gequält und gefoltert wurde und mit

Pech und Schande aus dem Dorf hinausgejagt, oder zumindest einer von den Brüdern mit einem Vogelflügel weiterleben musste, weil die Schwester nicht schnell genug gestrickt hat.

Wenn Mo dran war, sich ein Märchen auszusuchen, dann waren es die zertanzten Schuhe, sie liebte es und wollte es wieder und wieder hören, egal, ob Sabrina gestöhnt hat und sie langweilig fand. Wenn Vater ihnen vorlas, dann schloss sie die Augen und versuchte, sich Sabrina wegzudenken, was schwer war, weil Sabrina immer, wenn es schön oder spannend wurde, Vater ins Wort fiel und selbst weitererzählte, nur um sie zu ärgern. Sie versuchte auch, sich Vater wegzudenken, alles von ihm, bis auf seine Stimme. Wenn sie sich Mühe gab, konnte sie sich den ganzen Raum wegdenken und alles in ihrem Leben, und dann war da nur noch die Stimme, die nichts mehr mit Vater zu tun hatte, sondern nur eine Art von Leitung war, die sie an den Ort führte, an dem sie eine von den zwölf Prinzessinnen sein konnte, die jede Nacht in eine andere Welt gingen, um zu tanzen, einfach deshalb, weil sie es nicht durften. Und eins war klar, wenn sie eine Prinzessin wäre und elf Prinzessinnenschwestern hätte, dann wäre Sabrina bestimmt keine Einzige davon.

Mo hatte sich überlegt, welche Schuhe sie anziehen würde, um nachts heimlich tanzen zu gehen, und beschlossen, dass die Schuhe, die sie im Sportunterricht anzog, dafür am besten geeignet wären. Sie waren aus Leinen, das schon beim ersten Auspacken aus dem Pappkarton nicht mehr ganz weiß gewesen war, und hatten dicke

Sohlen, die so rochen wie eine Mischung aus Radiergummi, Turnhalle und Umkleidekabine.

Mo hatte immer gefallen, dass es nicht wie sonst die Jüngste war, die am Ende heiraten musste, sondern die Älteste. Wobei sie das Ende sowieso nicht so gerne mochte und immer versuchte, mit dem Zuhören aufzuhören, bevor sie aus dem unterirdischen Palast zurückgekehrt waren, aber das gelang ihr nur selten. Was sie damals schon nicht so ganz genau verstanden hatte, war, warum die Prinzessinnen eigentlich nicht tanzen gehen durften. Es sprach doch nichts dagegen, solange sie tagsüber nicht zu müde waren und weiterhin all das tun konnten, was Prinzessinnen eben so taten, was immer das war. Und überhaupt, wenn Prinzessinnen nicht selbst entscheiden durften, was sie taten und was nicht, wer denn dann?

Es sind wirklich Turnschuhe, die Mo beim Tanzen trägt, nicht nur, wenn sie tanzt, sondern eigentlich immer, die gleichen Turnschuhe, die Sanni hat, aber Mo hatte sie zuerst.

Langsam wird es voller in dem Keller, von Sanni ist nichts zu sehen, wahrscheinlich ist sie immer noch nebenan im Raum mit dem Billardtisch, aber jetzt spielen sie das Lied, das Mo am letzten Samstag beim Club mitgeschnitten hat, sie weiß nicht, wie es heißt.

Der Typ, der neben ihr tanzt, nimmt zu viel Raum ein, erst nach einer Weile merkt sie, dass es Absicht ist und er seine Bewegungen extra in ihre Richtung schlenkert, um ihre Aufmerksamkeit zu erregen. Sie dreht ihm den Rücken zu und bewegt sich ein bisschen mehr an den Rand der Tanzfläche.

Der Junge sieht sie immer noch an, aber jetzt machen sie Nebel, Nebel mit Erdbeeraroma. Erdbeernebel, und über dem Zischen der Nebelmaschine ein neues Stück.

Der rosa Qualm steigt ihm in die Kehle. Er lehnt am Pfeiler, Tulpe neben sich, und sieht auf die Tanzfläche. Ein Haufen von Menschen bewegt sich rhythmisch, er verschränkt die Arme und wippt mit dem Fuß den Takt. Er versucht, Muster zu erkennen, eine Art von Choreografie, aber es bleibt eher Chaos, die einzige Ordnung, der einzige Sinn, der sich ihm erschließt, ist eine Frau mit kurzen blonden Haaren, die, immer wenn es an der Stelle, an der sie tanzt, zu eng wird, sich an eine andere Stelle bewegt, als würde sie eine Lücke stopfen, was insofern funktioniert, als die anderen Tänzer ihr jedes Mal folgen, als wäre sie die Anführerin. Sie sieht in seine Richtung, und er meint, ein Lächeln zu sehen, bis sie die Arme vor ihr Gesicht hebt und ihm wieder den Rücken zudreht, während der Nebel sich langsam auflöst.

Er muss an diese Geschichte denken, die sie in der Zeitschrift gelesen haben. Immer wenn Carolin und er mit guten Vorsätzen für ihre Aufgaben die Schulhefte aufklappen, hält einer von ihnen abrupt in der Bewegung inne, dann lachen sie beide und blättern statt in den Büchern wieder in den Zeitschriften und lesen sich gegenseitig die besten Stellen vor. Er hat geglaubt, die Leserzuschriften seien von der Redaktion ausgedacht, bis Carolin ihn ausgelacht hat. Beim Tanzen hat mein Freund seine Bierflasche in der Hosentasche, las sie vor. Ist er vielleicht Alkoholiker? Das ist dermaßen jenseits, sagte Carolin, das kann sich niemand ausdenken. Und wahrscheinlich stimmte das sogar.

Er erzählt die Geschichte Tulpe, natürlich ohne Carolin zu erwähnen, und Tulpe lacht.

Alkoholismus ist eine sehr verbreitete Krankheit, sagt Tulpe.

Carolins Onkel ist gestorben, nichts Enges, hat sie gesagt, aber sie musste trotzdem zur Beerdigung ins Saarland. Saarland, das klingt so weit weg, als wäre es wirklich ein anderes Land. So fühlt es sich an, jetzt, als er neben Tulpe steht und die in dem blauen Hemd ihm nicht mehr ihren Rücken zudreht beim Tanzen, oder jedenfalls immer nur kurz, und ihren Blick an seinem hängen lässt, jedes Mal, wenn sie ihn ansieht, jedes Mal ein bisschen länger als vorher, und länger, als dass es ein Zufall sein kann.

Ein Zufall ist nur, dass er mit Tulpe allein da ist und Carolin im Saarland, sonst hätte er mit ihr an der Bar Mezzo Mix getrunken, vielleicht hätte sie ihn sogar zum Tanzen überredet und seine Blicke wären in ihren Augen geblieben, als hätte sie ihn an der Leine.

Sie haben sich am besten Platz im ganzen Raum postiert, den Pfeiler im Rücken, den Blick frei über die Tanzfläche, auf der sich die mit den kurzen blonden Haaren im Laufe der letzten zehn Songs langsam, aber sicher auf ihn zubewegt, bis Tulpe ihm schließlich seinen Ellenbogen in die Seite rammt. Die ist genau mein Typ, sagt Tulpe. Er überlegt für einen kurzen Moment zu verschwinden, er könnte nach Hause fahren, ohne Tulpe etwas zu sagen, nach Hause in Richtung Saarland, alles wäre gut, und Tulpe könnte es gebrauchen.

Aber seine Füße kleben am Boden, als wären sie aus Blei, und sein Blick klebt an ihr, als wäre keine andere Richtung möglich.

Als sie dann vor ihnen steht, als hätte er sie gerufen, und Tulpe sofort zur Bar eiert, um ihr etwas zu trinken zu holen, weiß er nicht, was er sagen soll, und auch sie sagt nichts, sie sehen sich nur weiter an, bis Tulpe mit dem Mezzo Mix wieder da ist, und dann fragt sie, wie sie heißen, und obwohl sie ihn dabei ansieht, ist es Tulpe, der antwortet: Das ist Marvin, und ich bin Tobias.

Er beißt sich auf die Zunge, weil ihm nicht einfällt, was er sagen könnte. Tulpe soll reden. Tulpe hat es verdient. Tulpe hat sich über den Winter seinen Jammer angehört, dann überbrachte Tulpe Carolin im Frühling seinen ersten Brief, und schließlich stellte Tulpe sich höflich demonstrativ schnarchend schlafend, als Carolin abends am See neben dem Feuer zum ersten Mal ihren Kopf an seine Schulter lehnte, und er wusste, dass er alles, wirklich alles erreichen konnte, was er wollte. Na also, sagte Tulpe, blinzelnd aus dem angeblichen Halbschlaf, und dann lachten sie zu dritt.

Es war ein paar Wochen danach, dass Tulpe sich verplappert hat, oder vielleicht wollte Tulpe es einfach loswerden, weil er es von alleine nie gemerkt hätte, und er war ehrlich überrascht und hat sich bei Tulpe entschuldigt, Alter, das habe ich nicht gewusst. Tulpe zuckte nur mit den Schultern. Die Frauen lieben mich, sagte Tulpe. Sie kommen zu mir, um sich über euch auszuheulen. Langfristig zahlt sich das aus.

Dann boxten sie sich gegenseitig gegen die Schultern, und Tulpe fuhr nach Hause und er zu Carolin, und als sie ihm die Tür aufmachte und ihn auf diese bestimmte Art ansah, da dachte er nur, langfristig, so ein Scheiß, und dann gar nicht mehr an Tulpe.

Das ist lange her, fast so lange wie der Tag, an dem er das Silbersternarmband gekauft hat und Carolin zufällig in der Einkaufspassage traf und sie sich zur Begrüßung umarmten und er aus Versehen seine Augen nicht zumachte und plötzlich eine andere ansah, die dicht vor ihm stand, und er gar nicht mehr genau wusste, welche von allen er denn jetzt eigentlich gerade umarmte, und das Erschreckendste daran war, dass es ihn überhaupt nicht erschreckte, sondern sich eigentlich gut anfühlte und richtig und genau so, wie es sein sollte.

Auch jetzt ist es nicht wirklich erschreckend, dass nicht Tulpe, sondern er derjenige ist, der mit der Kurzhaarigen den Raum verlässt, nachdem sie ihm etwas sagt, das er nicht versteht, weil es so laut ist, ein paar wilde Zeichen mit den Händen macht und schließlich seine Hand nimmt und ihn quer über die Tanzfläche zum Ausgang zieht. Als sie dann auf dem Parkplatz stehen und sie ihm erzählt, dass heute einer von diesen Tagen ist, an denen man sich nur ärgert und alles schiefgeht und an die man sich hinterher am besten nicht erinnert, weiß er immer noch nicht, was er sagen soll, und er versucht, obwohl es nur das Licht einer entfernten Straßenlaterne gibt, im Geist eine Karte von ihren Sommersprossen zu zeichnen, um die Konstellation nicht zu vergessen, und er merkt, dass es schon längst zu spät ist, dass er nicht zu Hause ist und schon gar nicht im Saarland, sondern auf diesem Parkplatz und an keinem anderen Ort der Welt. Tulpe hat nichts gesagt, als er eben mit ihr Hand in Hand aus dem Raum ging, gar nichts, Tulpe hat ihn auch nicht angesehen, und er weiß, was das zu bedeuten hat, und es ist ihm egal. Und auch jetzt, als diese Freundin von ihr plötzlich auftaucht und nach ihr ruft, sie sich durch ihre kurzen Haare fährt und dabei die Stirn in kleine Fältchen legt, bevor sie ihm ihre Hand an die Wange hält, in einer Bewegung, die schon vorbei ist, bevor er sie überhaupt kommen sah, als er hinter ihr herläuft und sieht, wie sie sich hinter den Typen auf das Mofa setzt und dann nur noch Rücklichter, auch das ist eigentlich noch nicht wirklich so erschreckend wie der Moment, als diese Rücklichter dann plötzlich nicht mehr zu sehen sind.

Drinnen lehnt Tulpe am Pfeiler und sagt immer noch nichts, schüttelt nur ganz, ganz langsam seinen Kopf.

Auch am nächsten Tag sagt Tulpe nichts, und am übernächsten auch nicht, Tulpe sieht ihn einfach jeden Morgen prüfend an, und jedes Mal schüttelt Tulpe wieder den Kopf, und eines Tages sagt Tulpe, kuck dich mal im Spiegel an, Alter, du musst es ihr sagen.

Der kleine Silberstern am Armband funkelt ihn an, als sie sich eine Haarsträhne aus dem Gesicht hinter das Ohr streicht. Carolin zieht mit den Füßen ihre Turnschuhe aus, hebt die Beine auf das weiß-grün karierte Sofa, sieht ihn an und klopft mit der flachen Hand auf das Polster neben sich. Er lässt seinen Rucksack auf den Boden fallen, setzt sich zu ihr, legt eine Hand auf ihre Schulter und sieht in ihre Augen, und ihre Augen werden blau, obwohl sie eigentlich braun sind, ihre langen dunklen Haare weichen einem kurzen blonden Schopf, und er sieht Sommersprossen, wo gar keine sind. Der Parkplatz hat sich zwischen sie geschoben wie eine bewegliche Wand, eine Wand, um die er nicht herumgehen kann, auch wenn er es versucht, weil sie immer mitkommt, genau wie Tulpe, der immer dabei ist und der alles weiß.

Alter, du musst es ihr sagen, hat Tulpe gesagt.

Was denn sagen, hat er erwidert. Ist doch gar nichts.

Und trotzdem. Tulpe hat recht.

Er weiß es ja, im Grunde weiß er es schon lange. Obwohl er sich an die Konstellation der Sommersprossen längst nicht mehr erinnern kann. Jetzt, wo Carolin neben ihm auf seinem weiß-grünen Sofa sitzt, ist es zwar nicht mehr so wie am Anfang, aber es ist auch nicht so sehr nicht mehr wie am Anfang, dass er wollte, dass es gar nicht mehr ist,

hast du irgendwas, sagt Carolin, sieht ihn an, und die

Sommersprossen verschwinden von ihrer Nase, du bist heute so still,

er schüttelt den Kopf, klappt sein Heft zu,

nichts, sagt er, aber lass uns Schluss machen, okay,

und Carolin sieht ihm in die Augen und sagt,

Schluss machen, wie meinst du denn das,

und er sagt,

na, Schluss für heute. Mit den Schulaufgaben,

und Carolin lacht auf, wirft das Buch auf den Boden, und der kleine Silberstern funkelt an ihrem Handgelenk. Er legt sich auf das Sofa und streckt seinen Arm aus, sie legt sich neben ihn, den Kopf auf seiner Schulter, und während sie, wie so oft in der letzten Zeit, still nebeneinanderliegen und zusehen, wie die Dämmerung kommt und das Licht holt, bohrt er in den weiß-grünen Bezug mit seinem Finger ein kleines Loch.

Reine Routineuntersuchung, kein Grund zur Beunruhigung, sagt der Polizist, wir haben alles unter Kontrolle. Wie immer. Ihre Papiere, bitte.

Per reicht ihm seinen Führerschein zusammen mit den Fahrzeugpapieren.

Der Polizist nickt und nimmt die Dokumente entgegen.

Nicht ihr Fahrzeug, stellt der Beamte fest.

Gehört einem Freund von mir.

Ihre Personalausweise, bitte.

Ist irgendetwas passiert?, fragt Per noch einmal.

Bisher noch nicht, sagt der Polizist, reicht die Personalausweise zurück durchs Fenster und gibt mit einem Handzeichen den Weg frei.

Gute Fahrt, sagt er.

Per schaltet hoch, beschleunigt, dass der Motor aufheult.

Was ist los?

Er schüttelt den Kopf.

Du warst doch dabei, sagt er.

Was denn?

Der wollte unsere Ausweise sehen. Wir haben sie ihm gezeigt.

Ja, sagt Anna. Und?

Er fragte nach den Ausweisen, wir haben sie ihm gegeben. Wir haben das getan, was er wollte.

Und, sagt Anna, was weiter?

Himmel, der hat uns überprüft, dabei kurz noch abgespeichert, wann wir wo zusammen unterwegs waren, und dann hat er sie zurückgegeben.

Und?

Das war alles. Sonst nichts. Nichts.

Warum regt dich das so auf?, fragt Anna.

Er schlägt mit der Hand gegen das Lenkrad.

Er hat nicht mal Danke gesagt, sagt Per. Dieses quadratköpfige rechthaberische Riesenrindviech in schlecht sitzender Uniform hat nicht die geringste Ahnung davon, wie normale Menschen miteinander umgehen. Man sagt Danke, wenn man etwas bekommen hat, einfach Danke, das ist doch nicht so schwierig, oder?

Die Luft ist schwer von der Wärme, so schwer, dass sie einen vielleicht tragen würde, wenn man es versuchte.

So kenne ich dich noch nicht, sagt sie.

Respektlosigkeit kann ich nicht ausstehen.

Und warum hast du nichts gesagt?

Per zuckt mit den Schultern.

Das wäre auf eine Beamtenbeleidigung hinausgelaufen.

Anna lacht.

Ich denke, du magst keine Respektlosigkeiten.

Eben, sagt Per. Deswegen habe ich nichts gesagt. Das ist nicht lustig.

Mir fällt gerade ein, sagt Anna, neulich hast du mir erzählt, dass du dich mit Anfang zwanzig wie ein großes Gefäß voll Energie gefühlt hast, aus dem jetzt langsam alles heraussickert, ohne dass du sagen könntest, wohin.

Das stimmt.

Vielleicht war das gerade ein Leck, sagt Anna.

Nein, erwidert Per, eher im Gegenteil. Ich fühle mich jung und stark und wütend.

Und warum machst du dann nichts?

Was denn? Manche Geschichten nehmen kein gutes Ende. Nicht alle Geschichten sind Heldengeschichten. Manche Geschichten gehen einfach immer so weiter.

Was hält denn den Helden auf?

Er ist gefangen in den Erwartungen der anderen.

Und was will er selbst?

Er will die Zeit anhalten.

Warum?

Weil er dann nichts mehr verpasst, sagt Per, und dann sagen sie beide nichts mehr.

Auch in der Stadt sind die Straßen leer. Der Beton ist heiß von der Hitze des Tages, die Luft ist kühler als der Boden. Schweigend fahren sie auf den Turm zu, der ihnen den Weg weist, bis sie abbiegen müssen in das Gewirr der Nebenstraßen des Viertels, in dem sie beide leben.

Nach der Ecke lässt Per den Wagen langsam an den stehenden Autos vorbeifahren. Alles ist vollgeparkt, er fährt suchend weiter, vorbei an dem Haus, in dem Anna wohnt.

Ich springe hier raus, sagt sie.

Nein, sagt Per. Das geht nicht.

Warum geht das nicht?

Stell dir vor, alle Menschen sind weg, auf dem Mond, was weiß ich, sind tot, bringen sich auf einmal um, und wir sind die Einzigen, die es noch gibt. Ich kann dich jetzt nicht alleine lassen.

Sie sieht ihn an, er meint es ernst.

Wir sind die letzten beiden Menschen.

Anna schüttelt den Kopf.

Und die Einzigen vom Mars.

Nein, sagt Anna, sind wir nicht.

Im Radio Staumeldungen. Das Handy ist tot, sie hat es ausgestellt, heute Morgen, jetzt schaltet sie es ein, zögert einen Moment, schaltet es wieder aus, ohne die empfangenen Nachrichten abzuhören, und legt es auf das Küchenfensterbrett.

Die Tauben im Baum vor ihrem Fenster recken die Hälse.

Er war plötzlich da gewesen, viel zu schnell und viel zu nah. Im Bioladen, vor dem Salatregal, es war seine Hand, die sie gesehen hatte, nach der letzten Packung Rucola greifend, während sie ihrer den Befehl gab, dasselbe zu tun, und als ihre Hände zusammenstießen, fühlte sie eine klcinc Implosion.

Oh, sagte er, wolltest du den auch?

Sie hatte zu lange gewartet mit der Antwort, die er ja

eigentlich schon kannte, den Rucola, hatte er noch hinzugefügt, als hätte es um irgendetwas anderes gehen können.

Eigentlich schon, hatte sie erwidert.

Was machen wir denn jetzt?, hatte er gefragt und auf die Packung in seiner Hand gesehen, als wäre sie zu viel und nicht zu wenig.

Schon okay, hatte sie gesagt, aber er hatte den Kopf geschüttelt.

Nimm du ihn.

Er drückte ihr die Plastikschale in die Hand.

Obwohl wir ihn eigentlich zusammen essen sollten, sagte er.

Sie lachte.

Danke, sagte sie.

Sie trafen sich wieder bei den Molkereiprodukten, wo er sie fragend anblickte, bevor er den letzten Mozzarella aus der Kühltheke nahm. Beim Olivenöl mussten sie sich aneinander vorbeischieben, und als er am Weinregal stand, hatte sie Gelegenheit, ihn von hinten zu betrachten. An der Kasse stand er wieder hinter ihr, sie spürte es, bevor sie sich umdrehte.

Wann?, fragte sie. Jetzt gleich?

Ist das eine Einladung?

Ja, sagte sie. Rucola.

Morgen Mittag?

Sie hatte keinen Hunger. Als er in ihrem Türrahmen stand, wie ein Bild, das da vorher gefehlt hatte, wusste sie, dass sie nicht mehr die Wahl hatte, denn sie hatte sie schon getroffen, auch wenn es sich so anfühlte, als sei sie diejenige, die ausgewählt worden war.

Er betrat ihre Wohnung, stellte seine Tasche unter die Garderobe und setzte sich zum ersten Mal auf den Küchenstuhl an der Wand, auf dem er immer saß, wenn er bei ihr war, und nie auf dem anderen.

So wohnst du also, sagte er.

Sie setzte sich ihm gegenüber. Zwischen ihnen die große Salatschüssel.

Hast du Hunger?, fragte sie.

Nein, sagte er.

Später lag sie neben ihm und verlief sich in seinem Blick. Er strich mit der Hand über ihren Bauch.

Ich muss dir etwas sagen, sagte er.

Nur ein paar Wochen, noch nicht mal eine andere Jahreszeit, und doch wie ein anderes Leben.

Seine Hand auf ihrer Haut, seine Hand auf der Klinke, seine Hand auf der Packung mit dem Rucola.

Nichts von ihm. In ihrer Wohnung, im Badezimmer, nichts. In der Küche offene Fenster, die Wärme des Tages und Geschirr im Ausguss, ein Stapel Teller, zwei Gläser mit Rotweinresten, neben der Tür leere Flaschen, alle dieselbe Marke, von ausgesuchten Winzern. Im Flur, nichts. Im Schlafzimmer, nichts, außer seinem Duft auf ihren Laken und, neben dem Bett, die aus ihrem Gürtel gedrehte Schleife.

Die Arbeit an diesem Roman wurde gefördert
mit dem Heinrich-Heine-Stipendium.
Die Autorin dankt dem Niedersächsischen Ministerium
für Wissenschaft und Kultur, der Stadt Lüneburg
und dem Literaturbüro Lüneburg.

Umschlaggestaltung: Marc Müller-Bremer, München
Umschlagmotiv: Rona Faust / plainpicture
Typografie und Satz: Frese Werkstatt, München
Herstellung: Büro Sieveking, München
Druck und Bindung: CPI – Ebner & Spiegel, Ulm

ISBN 978-3-935890-69-4